KB196833

꽃비가 내리는 날에는
기차를 타고 떠나고 싶다

꽃비가 내리는 날에는
기차를 타고 떠나고 싶다
자연의 노래를 들려주는 서양화가의 풍경 이야기

초 판 1쇄 2024년 11월 05일

지은이 이수애
펴낸이 류종렬

펴낸곳 미다스북스
본부장 임종익
편집장 이다경, 김가영
디자인 윤가희, 임인영
책임진행 김은진, 이예나, 김요섭, 안채원, 장민주

등록 2001년 3월 21일 제2001-000040호
주소 서울시 마포구 양화로 133 서교타워 711호
전화 02) 322-7802~3
팩스 02) 6007-1845
블로그 http://blog.naver.com/midasbooks
전자주소 midasbooks@hanmail.net
페이스북 https://www.facebook.com/midasbooks425
인스타그램 https://www.instagram.com/midasbooks

ⓒ 이수애, 미다스북스 2024, *Printed in Korea*.

ISBN 979-11-6910-895-9 03810

값 19,000원

미다스북스는 다음세대에게 필요한 지혜와 교양을 생각합니다.

꽃비가 내리는 날에는
기차를 타고 떠나고 싶다

자연의 노래를 들려주는
서양화가의 풍경 이야기

이수애 지음

미다스북스

오랜 시간 동안 서양화가로서 활동을 꾸준히 했다. 주로 서양화에서도 풍경화를 그렸다.

　높은 산과, 일렁이는 파도, 피고야 마는 꽃과 그 곁에 나비와 잠자리와 벌레 들까지 자연은 아름답다. 유화와 아크릴화도 함께 하면서 재료를 굳이 정해놓고 작업하지 않는다.

　비가 슬프게 내리는 날은 아크릴물감을 흘리며 비를 만든다. 꽃잎 하나하나마다 숨결을 넣고 싶을 때는 기름을 칠한다.

　우연히 수필반 수업을 들었다. 왜 들었는지 정확히 말하기 어려운 아쉬움이 항상 있었다. 그림으로 풀어지지 않는 그리움이 나를 이끌었나 보다.

훌륭한 선생님과 작가 들을 만나 공부하면서 가슴속에 있던 것이 스멀스멀 나왔다. 그림에서 다 표현하지 못했던 섬세하면서 예민하지 않은 글을 쓰고 싶다. 2년의 세월이 흐르면서 열심히 글을 썼고 1백 편이 넘었다. 그 시간 동안 수필에 대한 자신감을 조금씩 키웠나 보다.

매일 보는 자연과의 교감을 글과 그림으로 표현하고 공유하는 일은 행복하다.

쌓인 원고를 보고 출간을 꿈꾸던 시간을 미래가 아닌 현재로 만들었다. 감사하고 고마운 일이다.

앞으로도 자연의 아름다움을 편안하게 표현하는 작가로 활동할 것이다.

🌸 목 차

제 1 장

봄의 따뜻한 풍경을
그려본다

1
할머니의 등

　주위는 온통 캄캄한 검은색이다. 방 한가운데에 서서 하얀색 한복을 입은 할머니가 무표정한 얼굴로 나를 쳐다보신다. 공포 영화의 한 장면처럼 보이지만 자세히 얼굴을 보면 쭈글쭈글한 주름에 살짝 미소를 지으시는 외할머니다.

　이미 오래전에 돌아가셨지만 몇 년 동안 외할머니의 얼굴이 꿈에 나타났다. 지금도 내가 힘들거나 어려운 일이 있으면 꿈속에 할머니께서 나타나 나를 바라보신다.

정확히 몇 살 때까지인지 모르겠다. 부모님은 돈을 벌기 위해 서울로 나가셨고 첫째 딸로 태어난 나는 깊은 시골에 홀로 남게 되었다. 말이 남게 되었다는 것이지 어린아이인 나에게는 버림받은 것 같은 느낌이었을 것이다. 태어나서 처음으로 믿고 의지할 사람이 늙은 할머니라니!

나는 중년이 넘어가는데도 낯선 장소에 가거나 처음 사람들을 만나면 눈치를 본다. 특별하게 못난 구석이 있는 것도 아니라고 생각하는데 나도 모르게 애벌레처럼 작아지고 주눅이 드는 것이다.

시골 외할머니댁에는 대가족이 살고 있었다. 할머니, 할머니의 큰아들, 며느리, 손자, 손녀, 옆집에 또 작은아들, 며느리, 아이들…. 이렇게 대가족이 함께 살았으니 함께 식사하면 설거지할 그릇의 양이 엄청나게 쌓였었다. 그 많은 식구 중 내 편은 외할머니밖에 없다고 생각했었다. 아이였던 나는 외할머니 손에서 벗어나면 안 된다고 느꼈었고 언제나 그림자처럼 붙어 있었다.

아주 가끔 외할머니는 안방 광에 있는 소쿠리에서 사탕과

과자를 꺼내 몰래 내 입에 넣어주셨다. 나는 입을 꼭 다물고 티 나지 않게 사탕을 먹어야 했다. 누가 눈치를 준 것도 아닌데 어릴 때부터 조용히 모나지 않게 사는 법을 알았나 보다.

그렇다고 시골 생활이 다 슬픈 건 아니었다. 또래 친척과 동네 아이들과 함께 놀면서 계절을 즐기기 시작한 것이다.

봄에는 진달래꽃을 따 먹으며 산과 들을 뛰어다니고, 여름에는 집 앞 시냇가에서 수영하고 어스름한 저녁이 되면 다슬기를 잡았다. 특히 나는 다슬기 잡기를 가장 좋아했다. 물속 바위에 붙어 있는 작은 다슬기를 조심조심 잡는 일도 재미있고 삶아서 바늘로 한 올 한 올 빼먹는 일도 재미있었다. 친척들과 누가 길게 뽑아내나 내기를 하면 나는 이기는 쪽이었다. 오랫동안 집중하는 일에는 자신이 있다. 바늘 하나에 다슬기 살을 열 개 정도 꿰어서 한입에 털어 넣으면 바다 고래와 춤을 추는 듯한 기분이 들었다.

가을에는 나무 위의 감을 땄다. 긴 장대로 잘 익은 감이 땅에 툭 떨어져 터져버리지 않도록 조심하며 따는 일은 생각보다 어렵다.

금방 딴 말랑말랑하게 익은 감의 맛은 구름 솜사탕을 머금은 듯이 달콤했다.

겨울에는 비닐 포대를 타고 눈밭을 질주하고 눈싸움도 즐겁게 했다. 요새 아이들은 학원에 가서 공부하느라 여럿이 모여서 눈싸움하는 풍경을 보기 어렵다.

시골 부엌의 아궁이에서는 뜨거운 밥물 김이 올라오고 밥을 푸고 나서 누룽지를 서로 많이 먹겠다고 싸워도 난 질 수밖에 없었다. 엄마가 내 옆에 없었으니까….

외양간 소의 착한 눈망울과 한참을 마주하고 있으면 어느새 나도 착한 사람이 되어버릴 것 같던 외할머니댁!

부모님이 나를 버린 것 같아 시골의 외할머니댁을 싫어했지만 따뜻한 할머니의 사랑으로 건강하게 자랄 수 있었다. 그 많은 손자 손녀 중에서도 측은해서 그런 것일까? 할머니는 유독 나를 예뻐해주셨다. 맛있는 음식은 당신의 입보다 먼저 내 입에 넣어주셨고 다른 아이가 때리면 그 애를 혼내주고 치마폭에 감싸 안아주셨다. 그런 할머니는 어릴 적 나의 우주였다.

주로 나는 할머니의 등에 원숭이처럼 붙어 있었다. 따뜻하고 쾌쾌한 할머니의 체취가 풍겨와서 편안하게 잠이 들곤 했다.

몇 년이 지나 서울로 와서 부모님과 함께 살게 되었다. 방학이 되어 외갓집이 있는 시골에 가면 가장 먼저 작은방으로 달려가 할머니의 젖가슴을 만졌다.

외할머니가 돌아가셨을 때 얼마나 큰 슬픔이 공기처럼 밀려오던지 머릿속이 온통 암흑이었다. 사랑한다고 존경한다고 저를 키워주셔서 정말 감사했다고 말도 못 했는데….

지금도 할머니의 등이 생각난다. 나의 최고의 피난처이고 둥지였던 할머니의 등은 내 삶에서 희망의 등불이 되어주었다.

그 따뜻한 등에 업혀서 잠이 들고 싶다. 그리고 꼭 말하고 싶다.

"할머니 잘 키워주셔서 감사합니다. 그리고 사랑합니다. 할머니!"

나도 언젠가는 할머니를 다시 만나게 될 것이다.

　'할머니 잘 살다가 갈게요. 그동안 안녕히 계세요.' 하며 하늘나라에 안부를 전한다.

2

봄에 관한 풍경

    비가 내리지 않는 5월의 햇살 좋은 청명한 날씨, 덥지도 춥지도 않은 공기와 살랑거리는 바람, 어디선가 불어오는 아카시아 향기!

    주방 창가로는 오전부터 부산한 새소리도 들려온다. 그 소리를 감상하며 외출 준비를 한다.

    쇼핑몰에서 봄옷을 할인한다는 문자를 받고 서둘러 행사장으로 갔으나 이미 너무 많은 사람이 옷을 고르고 있었다.

여름에 입을 얇은 점퍼가 필요했기 때문에 적극적인 마음으로 고르기 시작한다. 젊었을 때는 가판대에 누워 있는 옷을 산다는 게 쑥스럽기도 하고 창피하기도 했었다. 그러나 아줌마가 된 후로 매장에서 할인하지 않는 옷을 산 적이 없다. 나이가 들면 창피한 일이 별로 없다. 그냥 그러려니 하면서 몸도 마음도 편안해진다.

이제 전쟁 준비를 시작한다. 사람이 너무 많았기에 가방을 몸 앞으로 고쳐 메고 핸드폰도 잘 넣고 가방 지퍼를 잠근다. 신발 끈도 다시 맨다.

잘 넘어지니 미리 마음의 준비를 해야 하기 때문이다. 자이제 돌진이다!

혼자 쇼핑 온 사람, 노모를 모시고 나와 옷을 골라주는 중년의 여인, 친구의 옷 입은 태를 봐주면서 깔깔거리는 웃음도 함께 공유한다. 기분 좋은 커다란 웃음소리는 주위의 사람들도 즐겁게 만들어주는 힘이 있다.

어느 할아버지는 포인트 번호를 말하라고 했지만 "나는

이 동네 안 살아요." 하며 여유 있게 웃으신다. 열심히 거울을 보며 고르다가도 결국은 가족들의 옷만 고르고 마는 엄마들…. 노부부가 서로의 얼굴을 보며 천천히 골라주는 풍경도 잔잔하니 보기 좋았다.

옷 크기가 안 맞는다고 벌써 바꾸러 온 사람, 다른 사람들이 고르는 모습을 그냥 벤치에 앉아 무료하게 구경하는 노인, 쇼핑몰 앞에 자리하고 있는 커다란 가족 조각상 작품도 그 풍경을 바라보고 있다. 큰 차도의 버스 안에 탄 사람들은 "무슨 일이야! 왜 저렇게 난리가 난 거야!" 하는 표정으로 바라보는 듯하다.

북적북적 카드 단말기 영수증 토해내는 소리, 아이들이 재잘거리는 소리, 종이컵 속의 자판기 커피 향기도 스쳐 지나간다.
봄 한가운데에 이렇게 햇빛 좋은 날이 아니라면 이 소음들이 이렇게도 경쾌할 수 있을까?

할인 행사하는 장소 옆에는 간단한 분식을 파는 포장마차와 구두 수선점과 로또 파는 매점이 있다. 옷을 고르는 일도 신중해야 하니 열심히 고르다 보니 갑자기 허기가 몰려왔다. 좋아하는 핫도그의 향기가 유혹한다.

단 음식을 별로 좋아하지 않는다. 그러나 핫도그를 먹을 때는 설탕을 묻혀 먹는다.

다시 바싹하게 튀겨지는 핫도그의 모습을 보고 고소한 기름 냄새를 맡으며 어떤 옷으로 골라야 할지 생각한다.

포장마차에 사람은 많지 않지만, 천막 때문인지 따뜻한 느낌이 들었다. 한 아주머니가 너무나 맛있게 어묵 국물을 마신다. 생각지도 않게 어묵 하나를 주문했다. 이런 게 광고 효과일까? 다른 사람이 너무 맛있게 그 음식을 먹으면 자연스럽게 사 먹게 되는 것이다. 다행히 어묵국은 짜지 않고 맛이 있었다. 새로 튀겨진 핫도그는 바삭하면서 입속에서 즐거운 포만감을 준다. 요새 새로 나오는 핫도그 안에는 치즈나 맛살 등 여러 가지 재료가 들어가 있지만 고기 맛 풍기는 소시지가 더 좋다. 익숙한 원조의 맛이라고나 할까?

적당하게 단 핫도그 반죽도 부드럽고 소시지도 쫀득쫀득하니 이 봄에 꼭 먹어봐야 할 간식이라고 생각되었다. 거의 다 먹고 마지막 꽁지까지 맛본다. 그 부분이 더 바삭하기 때문이다. 남은 어묵 국물을 비우고 포장마차를 벗어난다.

　이제는 결심할 시간이다. 잠시 전에 봐두었던 몇 가지 점퍼 중에서 선택해야 한다. 언제나 무엇인가를 선택하는 일은 어렵다. 집에 가서 마음이 변하면 옷을 바꾸기 위해 나와야 하는 번거로움이 생기지 않도록 다시 입어본다.
　'봄에 맞게 밝은 노란색? 그냥 편하게 검은색? 화사하게 분홍색으로 할까?'
　한참을 고민한다. 결국은 밝은 색깔의 연둣빛 점퍼를 골랐다. 다행히 거울을 보니 그중 잘 어울리는 것 같다.

　나는 봄의 연둣빛 발랄함을 한 아름 안고 돌아왔다.

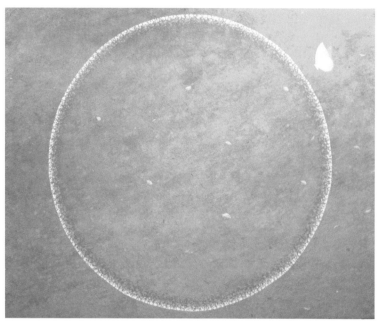

〈달의 노래, 100호, mixed media, 2022년〉

3

장
미
꽃
예
찬

　5월의 중순 해 질 녘, 지고 있는 해를 바라보며, 시내 쪽으로 걸음을 옮긴다. 내가 사는 마을은 다행히 걸으면서 볼 것들이 많다. 조금만 걸어 나가면 작은 공원이 있고 오래된 재래시장도 있고 특별해 보이지 않는 평범한 가게들이 있다.

　부동산, 꽃집, 중식당, 미용실, 떡집, 로또 가게, 사진관, 간판조차도 세련되지 않지만 부담스럽지 않은 모습들이다. 바쁘게 지나갔더라면 몰랐을 동네 풍경들….

친구와의 약속 시각보다 1시간이나 먼저 나왔기에 그 풍경들이 눈에 들어오는 게 아닐까 싶다. 과일 가게를 지나면서도 요새는 무슨 과일이 맛있을까? 신중하게 들여다본다. 지금은 살 수가 없으니 가격이 궁금하지만 지나간다. 샛노랗게 익은 참외, 빨간색 초록색으로 치장한 토마토, 조금은 시든 듯한 딸기, 비싸 보이는 커다란 수박, 진한 보랏빛 오디의 오돌토돌한 색깔을 감상하며 길을 걷는다.

차도를 건너서 오래된 아파트의 낮은 담장으로 길게 늘어선 빨간 장미들의 풍경을 본 순간 입이 딱 벌어졌다. 빨갛다, 뻘겋다, 붉다, 주황빛이다. 모든 빨간 계열의 형용사들이 떠오르지만, 무엇이라 한마디로 말할 수 없는 자연의 빛깔! 가까이 다가가서 코를 바짝 붙이고 향기를 맡아본다. 차도 옆이라 향기를 진하게 느끼지 못했지만, 그래도 조금은 향기가 남아 있다. 더 정확히는 향기가 머물러 있다고 믿고 싶은 것이다. 사람들은 보고 싶은 것만 보고 믿고 싶은 것만 믿으려 하기 때문일 것이다.

장미는 언제 어디서 마주쳐도 마음을 밝게 위로해준다. 오래된 친구처럼 이모처럼 느껴진다. 왜 친근한 대상은 이모님이라고 부를까? 식당에서도 이모님이라고 부르지 고모님이라고 부르지는 않는다. 엄마라는 사랑의 모태에서 더 가까워서일까?

위쪽에 핀 밝은 선홍색의 장미는 햇빛을 많이 받아 더 크고 화려하고 아래쪽은 적당한 빨간색으로 얌전하게 앉아 있다.

이렇게 붉은 장미의 꽃말은 열정적 사랑이다. 노란색은 질투, 시기, 우정, 이별이고, 분홍색은 사랑의 맹세, 행복한 사랑이다. 파란색은 기적, 포기하지 않는 사랑이고 검붉은 색의 꽃말은 죽음, 이별, 당신은 영원히 나의 것입니다. 흰색은 순결, 존경, 매력, 새로운 시작이라고 한다. 이렇게 장미꽃의 색깔처럼 다양한 꽃말이 담겨 있다니 참 재미있다.

꽃말처럼 장미꽃은 여러모로 훌륭한 역할을 한다. 졸업식이나 입학식에서 한 아름 장미 꽃다발은 새로운 출발을 축하해준다. 가족이나 친구의 생일잔치에 사랑스러운 케이크와 꽃바구니는 자리를 더욱 빛내준다. 결혼식장에서 던지는 신부의 화사한 부케도 빠질 수 없다. 신부가 던진 부케를 받은 사람은 6개월 안에 결혼해야 한다는 속설도 있다. 그것이 그렇게 쉬운 일인지는 모르겠다. 나의 결혼식 때 던져준 부케를 받은 친구가 결혼을 언제 했는지 기억나지 않는다.

영화에서 보던 장례식장의 하얀 장미꽃 다발도 잊을 수 없다.

만약 꽃이라는 것이 이 세상에 존재하지 않는다면 무엇으로 사람들의 기쁨과 즐거움과 슬픔까지도 표현할 수 있을까? 책이나 자동차나 만년필이나 과일 등의 잡다한 것들이 꽃의 자리를 대신할 수는 없을 것 같다.

나는 꽃을 보며 힐링을 많이 한다. 그래서 아무렇게나 아파트 담장에 피어 있는 장미 넝쿨을 보고는 즐거워한다. 날은 어두워지고 있지만 붉은 장미꽃의 축제를 사진으로 찍어 추억으로 남겨놓는다. 사진이 어둡지만 어두우면 어두운 대로 밝으면 밝은 대로 흐르는 곳으로 그냥 두기로 한다.

장미 몇 송이와 예쁘게 색칠한 메모지에 따뜻한 문구를 넣어서 선물로 준다면 싫다고 할 사람이 있을까? 마음이 즐거운 사람은 더욱 배가 되어 기뻐할 것이고 우울했다면 갑자기 눈물이 핑 돌 정도로 감동을 줄 수도 있을 것이다.

붉은 장미꽃을 만나느라 친구와의 약속 시간이 다 되었음을 잊을 뻔했다.

문득 선물하고 싶은 마음이 든다. 다음에는 좋아하는 친구를 만날 때 5월을 머금은 빨간 장미와 손편지로 사랑을 전하고 싶다. 감사의 마음을 표현하는 일은 점점 중요한 일이라고 생각된다. 내 마음도 잘 모르겠는데 타인이 알 수는 없다. 표현해야만 아는 것이다.

5월의 장미 향기를 행복한 마음으로 즐겨보았다.

4

김
이
야
기

아침에 일어나 새 밥을 한다. 밥은 밥인데 무슨 새 밥인가?

밥을 매일 하지 않고 이삼일 동안에 먹을 양을 한꺼번에 한다. 그냥 씻어서 압력밥솥에 쌀과 물을 넣고 취사 버튼을 누르는 게 다인데 그것조차도 귀찮은 일이 되어버렸다. 조금 신경을 쓴다면 가끔 귀리와 찰보리를 조금씩 넣어서 잡곡밥으로 해 먹는다. 서랍에서 작은 스팸 햄 캔 하나를 꺼내 과도를 뾰족하게 세워서 그대로 햄을 자른다. 전문 요리사가 본다면 기절할 노릇이겠지! 혼자 먹는 건 이런 식으로 대충 해서 먹게 된다.

갑자기 햄에 김을 싸 먹고 싶어서 집게로 공기를 막아놓았던 김을 꺼냈다. 비싼 곱창김을 샀었는데 오래되니 눅눅해졌다. 오래 돌보지 않는 관계들은 김처럼 눅눅해지기 마련이다. 하는 수 없이 가스의 중간 밸브를 열고 가스 불을 켰다가 약하게 줄인다. 검고 눅눅한 김을 굽기 시작했다. 몇 장 남은 걸 다 먹어야겠다는 생각으로 기계적으로 굽는다.

한 장 두 장 김을 굽는데 냄새를 맡으니 문득 어렸을 때 엄마가 구워주시던 맛소금 뿌리고 참기름 바른 고소한 조미김의 향기가 떠올랐다. 구워지면서 살짝 오므라드는 검은 김은 하얀 밥과 먹으면 환상의 맛이다.

엄마는 김을 많이 구워놓아서 사각 통에 담아 놓으셨다. 일하러 나가셔야 해서 여유 있게 매일 김을 구울 수 없었기 때문이다. 그때의 김 냄새는 온 집 안에 배어들었고 알지 못했다. 그때는…. 그 향기가 얼마나 행복한 향기였는지 알았더라면 도와드렸을 텐데…. 한 번도 내게 일을 시키지 않으셨다. 그것이 엄마 방식의 사랑이었을까?

김을 구우시면 옆에서 소금이라도 뿌려드릴 걸 왜 그걸 몰랐을까?

시간이 오래 걸리는 음식은 정비례로 그만큼 맛이 있다. 엄마는 가끔 사골국을 며칠씩이나 끓이셨고 구수한 냄새는 주방에 머물렀다. 가족을 먹이기 위해서 참 열심히도 사셨다. 세상의 엄마들은 당연히 그런 줄 알았다. 어른이 되어서야 모든 엄마가 희생적으로 사는 건 아니라는 걸 알았다.

지금의 엄마는 연세가 드셔서 더는 요리를 하지 않으신다. 하지만 그때 그 시절이 그리워진다. 둥근 상 하나에 둘러앉아서 변변한 반찬이 있는 건 아니었지만 우리 가족은 따뜻한 식사를 했다. 그때는 가족 모두가 함께였다. 동생들도 지금은 모두 각자의 가정을 꾸리고 바쁘게 살아가고 있다.

현대의 가족은 함께 둥글게 앉아서 한 끼 먹기가 어렵다. 서로가 너무 바쁘고 시간을 맞추기도 힘들기 때문이다. 1인 가구의 수가 많이 늘어난다고 한다. 혼자 사는 사람들이 많아졌고 점점 더 많아지겠지. 가족의 식사를 준비하기 위해 한참이나 같은 동작으로 김을 구워내는 따뜻한 풍경을 볼 수 없을지도 모른다.

대만 여행을 갔을 때의 풍경이 떠오른다. 지하의 역에서 기차를 기다리고 있는데 열 명 정도의 대가족이 함께 도시락으로 식사를 하고 있었다. 가난해 보이고 밥과 간단한 반찬을 둥글게 서서 말없이 먹었다. 그 모습을 보고 갑자기 가슴에서 더운물이 거꾸로 흘렀다. 그들은 모두 함께여서 행복해 보였다. 아마도 그 사람들은 몇 년이 지난 지금도 둥글게 모여서 밥을 먹고 있을 것 같다.

옛날이야기를 떠올리다 보면 말할 수 없는 허기가 몰려온다.

김을 다 구워내고는 프라이팬을 달구어 햄을 굽기 시작한다. 불은 약하게 줄이고 잘 뒤집어주면서 굽는다. 잘 구워진 연한 초콜릿 색깔이 나면 식탁에는 흰 밥과 스팸 햄 조각과 대충 찢은 구운 김이 놓인다. 평소와 다른 아침 식사를 하면서 옛날이야기에 나오는 고소한 김 냄새를 맡고 싶다. 엄마가 정성스럽게 구워주시는 김구이가 그립다.

다음에 시장에 가면 마른 김을 사다 한번 구워봐야겠다. 오늘처럼 하얀 밥과 함께 먹든지 맥주와 어울리는 짭짤한 안주로도 맛있을 것 같다.

옛날 옛적 엄마의 따뜻했던 김 이야기를 소환해본다.

5

달
항
아
리

아주 오랜만에 와보는 서울의 국립중앙박물관이다. 딸의 초등학교 숙제를 하기 위해서 함께 왔던 기억이 있지만 나를 위해 오는 일은 처음이다.

전철에서 내려 지상으로 올라온 순간 건물 사이에 네모난 하늘이 뻥 뚫려 있어서 시원하기 그지없었다. 무언가 묵은 체증이 쑥 내려가버리는 기분이랄까? 두 번째 방문이지만 딸을 챙기느라고 네모난 하늘이 멋지게 펼쳐져 있는지 알지 못했다. 지금이라도 볼 수 있으니 참 다행이라고 생각되었다.

오른쪽 전시장으로 들어가서 전문 안내원의 설명을 들으며 관람을 시작했다. 3층 전시장의 여러 불상과 고려청자에 대한 설명을 듣고 모퉁이를 돌아서 조용히 앉아 있는 조선 백자를 만났다.

〈백자 달항아리는 조선 17세기 후반에 만든 것이고 보물 제1437호이다. 최대 지름과 높이가 1:1 비율을 이루는 둥근 항아리다. 그 모습이 보름달을 닮아 달항아리라고 불린다. 반원형 몸체를 위아래로 이어 붙여서 몸체 가운데에 접합 흔적이 있다. 좌우 대칭이 살짝 어긋난 느낌을 주지만 자연스럽고 편안한 마감으로 조선 후기 백자의 조형성을 대표하는 작품이다.〉

라는 안내 문구의 내용이 보인다.

평소에도 달을 좋아한다. 달 중에서도 가득 차 있는 보름달을 좋아한다. 툭툭 투정의 말을 해도 속상한 이야기를 들려줘도 다 받아줄 것 같기 때문이다. 한참을 보름달을 마주하고 있으면 달님의 온화한 미소를 볼 수 있다.

신기하게도 달의 미소는 해외에서도 똑같았다. 독일, 프랑스, 이탈리아, 스페인, 대만, 일본, 미국 등에서도 미소는 한결같이 포근하게 안아주었다. 웃으면서 따뜻하게 위로의 말을 들려주었다. 당연한 소리 아닌가? 지구와 달은 한 개씩 존재하니 이국에서도 똑같을 수밖에…. 그래도 세상 어디에 있어도 나를 바라봐주고 있다고 믿고 싶다.

그렇게 사랑하는 달의 형상을 닮은 달항아리를 본 순간 너무 반가워서 소리를 지를 뻔했다. "오랜만이다. 정말 반가워, 왜 이제야 온 거야!" 하면서 왈칵 끌어안고 싶은 마음이 조용히 올라왔다. 이어 붙였다는데 어쩌면 저렇게 자연스럽게 빚을 수 있었을까? 너무 완벽한 원 모양이 아니라서 더 좋다. 사람도 모두 완벽한 사람을 보면 질리듯이 온전한 구가 아닌 모습에 더 정이 간다.

빛깔은 또 어떠한가? 그냥 흰색이라고도 말할 수 없는 자연의 맑은 색이다. 아무 화려한 장식이나 치장도 없이 근원적인 미감이 느껴져서 오래오래 바라보았다.

좋아하는 건 원래 오래오래 바라보게 돼 있다. 눈도 마주 치지 않고 딴 데 보며 이야기하는 연인은 정말 사랑하는 감정이 아니라고 생각한다.

달항아리를 한참 바라보며 사랑의 감정을 느꼈다. 좋다고 하는 건 그냥 좋다는 것이다. 아무 이유도 목적도 없이 바라보는 거다. 다른 보물들도 훌륭하고 좋았지만, 달항아리는 자꾸 앞에서 서성이게 한다.

그 빛깔과 몸의 선을 눈에 넣어 가기 위해서 열심히 사진도 찍어보지만 마주 보는 것만큼 좋은 일이 있을까?

바깥 풍경이 아름다운 식당에서 점심 식사 메뉴로 비빔밥을 주문했다. 정갈한 비빔밥의 둥근 모양이 달항아리로 보였으니 사랑에 빠진 것일까? 짝사랑이어도 좋다.

그 맑은 달을 만나러 다시 들러야겠다.

집에 돌아와 몇 년 전 취미로 만들었었던 도자기 접시들을 보니 옛 도공들의 위대함을 새삼 느끼지 않을 수 없었다.

오래 보아도 질리지 않는 그대를 만나서 오늘 하루 정말 행복했습니다!

〈봄, 20f, oil on canvas, 2015년〉

6

행
복
한

얼
굴

　며칠 전 통창이 커다란 카페 옆에서 우연히 유명한 아이돌 가수의 팬 사인회를 보게 되었다. 나는 7080세대라 요새 나오는 어린 가수들은 잘 알지 못한다. 이름도 모르고 가사가 너무 빨라서 알아듣지도 못하겠고 얼굴이 비슷하게 보인다.

　평생 처음으로 본의 아니게 보게 된 셈이니 신기한 마음으로 아이스 아메리카노를 마시며 구경했다. 유리창 가까이에는 입장권을 구하지 못한 아이들이 개미처럼 모여 있었다. 가수는 당연히 서구형으로 잘생긴 남자 아이돌 가수였고 여성 팬들의 눈은 반짝반짝 별처럼 빛나고 있었다. 호기심에 창문으로 가서 기웃거렸다. 여태껏 한 번도 본 적도 없고 가려고 노력해본 일도 없는 새로운 문화라 궁금했다. 보았지만 팬들의 몸으로 거의 가려졌고 가수의 머리카락과 열성 팬의 얼굴만 간신히 조금 볼 수 있었다.

이 더운 날씨에 뒤에서 전문 카메라로 찍는 아이들, 앞에서 에어컨 바람 맞으며 좋아하는 가수의 얼굴을 가까이에서 보고, 통창에 붙어서 창 너머로라도 보려고 하는 여러 모습의 여성 팬들의 풍경을 보았다.

어쨌든 나에게는 낯선 풍경이었다. 앞자리에서 한 사람씩 불려 나온 여자들의 표정은 정말 하나같이 행복한 얼굴들이었다. 가수의 앨범을 가지고 와서 앞에 조심스럽게 놓고는 세상에서 가장 행복한 얼굴과 사랑이 뚝뚝 떨어지는 눈으로 가수의 얼굴을 바라본다. 스톱워치로 시간을 재보았다. 한 사람당 대략 2분 정도의 시간이다. 그 짧은 만남을 위해 멀리서 와서 아침부터 기다리고 있었단다. 내가 카페에 간 시간은 늦은 오후다. 그 정성이 참으로 대단하다고 생각했다.
그들은 하루 종일 몇 잔의 아이스커피를 마셨을까?

'아! 어쩌면 저렇게도 행복한 표정을 지을 수 있을까?'
머리에 무언가를 맞은 듯이 충격을 느꼈다. 너무나 오랜
만에 그런 표정을 볼 수 있었다.

아기의 새근새근 잠든 모습을 바라보는 엄마의 얼굴, 고
생하다 겨우 내 집 장만을 했을 때 아빠의 얼굴, 오래도록 병
을 앓다 완치되어 병원에서 나오는 환자의 얼굴, 대입 시험
에서 원하던 학교에 합격한 수험생의 얼굴, 서로 사랑하는
연인을 만났을 때의 반가운 얼굴 등 세상의 행복한 얼굴들이
있겠지만 여성 팬들을 보았을 때 너무나 가까이 있는 무한
열정이 느껴졌다. 온 세상 모든 것을 다 가진 얼굴이었다.

나는 언제 저런 얼굴을 했었을까? 세상 다 가진 듯한 행복
한 웃음을 생각하고 생각해봐도 언뜻 떠오르지 않는다. 행
복한 얼굴을 기억하는 게 이렇게 어려운 일이었나? 중년이

넘어가고 있으니 모든 감정이 무디어지고 무감각해져서 그런 것일까?

　잘생긴 가수의 손짓에 말 한마디에 저렇게 격한 반응을 하는 여자들을 보니 부러운 생각이 들었다. 나도 요새 유행하는 트로트 가수의 팬클럽에 가입해서 저렇게 열정적으로 한번 살아볼까? 그들의 비싼 앨범을 많이 사고 콘서트에도 열심히 쫓아다니면 저렇게 행복한 얼굴을 할 수 있을까?
　이틀 동안 할 수 있는 행복한 얼굴에 대해 고민해보았다. 트로트 가수 팬카페는 조용히 접기로 했다. 게으르고 행동도 느려서 친구들과 돌아다닐 때는 늦기 일쑤다. 팬클럽에 들어가도 그런 나를 누가 좋다고 할까 싶다. 대단한 길치니 콘서트장을 찾다 늦을 것이다.

　그냥 가족들의 저녁 식사를 정성껏 차리는 것으로 결심했다. 편하게 할 수 있는 일이기 때문이다. 건강한 식재료와 음식으로 가족들이 아프지 않고 건강하게 생활하면 좋을 것 같다. 건강을 잃으면 사랑이고 재산이고 야망이고 명예고 무슨 소용이 있겠는가! 가족들이 정성 들여 차린 밥상을 함께 맛있게 먹을 때 행복을 느낀다.

　한 강사의 강의 내용이 떠오른다. 커다란 행복만 추구하지 말고 작고 소소한 행복의 빈도수를 늘려야 행복한 삶을 살 수 있다고 말한다. 정말 공감하는 말이다. 행복한 얼굴을 만들기 위해 시장으로 콘서트 여행을 떠난다. 바퀴 달린 시장바구니를 질질 끌고….

7
공
항
가
는
길

　우리는 두 달 전 일본의 후쿠오카행 비행기를 예약했다. 비행기와 숙소 예약만 하면 해외여행의 90%는 해결된 것이나 마찬가지다. 여행지는 되도록 숙소에서 가까운 장소로 고르려 한다.

　비행기 예약이 끝나면 저질 체력인 나는 그때부터 걷기 운동을 시작한다. 공원이나 산책로를 따라 수시로 걷는다. 젊은 딸을 따라다니려면 열심히 많이 걸어야 하기 때문이다. 커다란 여행 가방도 손수 잡고서 뒤처지지 않아야 한다는 목표를 향해 준비한다. 몸도 아프지 않게 신경 쓴다. 며칠 전 차 사고가 날 뻔했는데 나도 모르게 "지금은 안 돼!" 하는 소리를 내뱉었다. 다행히 사고가 나지 않았지만 사고 나서 입원이라도 하게 되면 여행을 못 간다는 생각에 조심하며 안전 운전한다. 아무 생각 없이 내려오던 계단도 넘어질까 봐 천천히 손잡이를 잡고 내려온다. 음식도 체하지 않게 먹고 평소에 먹지 않던 음식은 피한다.

몇 번의 해외여행을 떠났지만, 그때마다 새로운 기분이 든다. 어릴 적 소풍 떠나기 전날은 잠도 잘 안 오고 설레지 않았던가! 어느 짝이랑 앉고 어떤 친구와 김밥을 먹을 것이며 음료수는 무엇을 가져갈 것인가? 돗자리는 얼마나 커야 하는지 어떤 친구가 멋진 장기 자랑을 하는지, 보물찾기할 때면 갑자기 동공이 커지기도 했다. 선생님의 선물은 무엇일까? 궁금하기도 하고 햇빛을 가릴 수 있는 모자도 미리 써 본다.

친구들과 함께 노래를 부르며 소풍 길을 걷던 아름다운

시간들이 영화의 한 장면처럼 흘러간다.

나는 엄마가 정성스럽게 싸주신 알록달록한 김밥을 먹는 친구를 가장 부러워했다. 부모님은 돈을 벌기 위해 나가시고 항상 바쁘셨기 때문에 도시락은 밥과 한두 가지 간단한 반찬이 전부였다. 내 도시락은 친구들 앞에 같이 내놓기가 민망했지만 어렸을 때는 누구보다 씩씩했기 때문에 김밥 먹는 친구한테 붙어서 같이 먹자고 했다. 엄마가 예쁘게 싸준 김밥을 먹는 여자애는 거의 예쁜 김밥처럼 순하고 착하다.

그때 김밥을 나누어주던 친구는 지금도 순하고 착한 심성을 유지하며 살고 있을까?

드디어 후쿠오카로 떠나는 날이다. 12시에 출발하는 비행기였지만 새벽 5시 30분에 알람을 맞추었다. 가방은 이미 며칠 전부터 싸놓은 상태다. 가장 중요한 여권과 지갑은 딸이 챙긴다.

역 앞에서 공항으로 가는 리무진 버스를 기다린다. 설레면서도 가장 기분 좋은 순간이다. 이른 아침부터 근처의 가게가 문을 열어 커피 한 잔을 포장했다. 그러나 우리는 잠시 후 커피의 운명을 알지 못했다. "커피 갖고 타면 안 돼요!" 하시는 버스 기사님의 단호한 음성을 듣고 하는 수 없이 급하게 벤치 위에 놓고 올라야 했다. 만약 저 멀리 쓰레기통까지 갔다 온다면 다음 버스를 기다려야 했기 때문이다. 다른 가족의 커피 석 잔도 똑같은 신세가 되었다. 커피는 큰 크기였는데 마시지도 못하고 버려야 하니 아까운 생각이 들었다.

공항버스에 올라 예약된 좌석에 몸을 누이니 기쁨의 한숨이 푹 쉬어졌다. 의자가 넓고 종아리도 편하게 올릴 수 있어서 좋았다. 신기하게도 공항 가는 길에 오르면 우리 동네의 매일 보는 가게나 건물, 나무와 하늘까지도 이국적으로 느껴진다. '저 나무 모양이 저렇게 예뻤었나? 저런 간판도 있네…' 하며 무심하게 보았던 풍경들이 소풍 가서 먹던 예쁜 김밥처럼 화사하게 다가온다. 결국은 아름다운 풍경도 마음에 달려 있다. 아름답게 보려면 아름다운 것이고 슬픈 마음으로 본다면 간판 글씨도 슬프게 보인다.

이제는 즐거운 마음으로 힐링하는 일만 남았다.

우리는 아름다운 명소를 찾아 비행기와 버스를 타고, 전철을 타고 발바닥에 물집이 잡히도록 걸어 다닐 것이다. 우리의 여행비 안에서 가능한 맛집에 가서 맛있는 후쿠오카 음식을 즐기며 사진도 찍겠지. 또 친구에게 새 소식도 전할 것이다. 늙어가는 모습을 사진 찍는 것을 좋아하지 않는다. 그러나 딸과 함께 찍는 것은 좋아한다. 마치 두 번 다시 같은 장소에 오지 못할 사람처럼…. 슬픈 대목이기도 하다. 우리의 나이와 날씨와 상황들이 모두 같을 수는 없기 때문이다. 화살처럼 흐르는 시간이 야속할 뿐이다.

공항 가는 길에서 나는 다짐해본다. 누구보다도 잘 걸어가고 자고 먹고 행복한 감동과 추억을 가져오기로 약속한다.
햇볕은 따뜻하게 다가오기 시작하고 행복도 태양처럼 환하게 떠오르고 있다.

〈진달래꽃, 30f, mixed media, 2018년〉

8
비
밀
번
호

"이 열쇠 잃어버리면 어떻게 되는 거야?" 하고 딸에게 물어보았다. 몇 년 전 딸의 독일 집 현관 열쇠에 관해 물었다. 무심하게 "집에 못 들어가는 거지 뭐!" 하고 대답했다. 독일은 한국처럼 빨리 돌아가는 시스템이 아니라 정말 열쇠 수리공을 오래 기다려야 할 수도 있단다. 그러니 절대로 열쇠를 잃어버리면 안 된다고 신신당부를 한 뒤 출근하러 나가 버렸다.

딸이 출근하면 저녁까지 기다려야 했기 때문에 무료하기

짝이 없었다. 독일어는 물론이거니와 영어도 잘하지 못하고 길치라 길 찾는 일은 극도의 스트레스를 준다. 그러니 마음 같아서는 골목길, 시장, 미술관, 박물관 등을 여기저기 구경하고 싶은데 길을 잃어버릴까 봐 돌아다닐 수도 없었다. 다행히 동네 마트의 길은 단순하고 가까웠기에 용기를 내서 오후에 산책하러 나갔다.

커다란 마트에는 좋아하는 빵과 치즈, 햄, 소시지 등이 산더미처럼 쌓여 있어서 구경만 해도 몇 시간을 흘려보낼 수 있었다. 간단한 영어로 따뜻한 커피 한 잔과 초콜릿 머핀 한 개를 사서 마트의 벤치에 앉아 꽃들을 감상했다. 유럽은 어디를 가나 꽃을 파는 곳이 가까이 있어서 반가웠다. '사람들이 그만큼 꽃을 사고 또 사랑하기 때문이 아닐까?' 하고 생각했다. 몇 시간이나 바라보던 꽃들은 그림의 소재가 되어주기도 했다. 그렇게 외출을 하고 소시지와 빵을 사서 큰길을 따라 집으로 돌아오면 외투 주머니에서 묵직한 열쇠를 꺼냈다.

한국의 도시에 있는 현관문은 이제 거의 비밀번호를 눌러야 들어갈 수 있다.

누추하고 작은 나의 작업실 현관문은 지금도 열쇠를 사용하고 있다. 만약 열쇠를 잃어버린다면 딸의 말처럼 못 들어가는 것이다. 하는 수 없이 열쇠 수리공을 불러야 한다. 전화하면 총알처럼 빨리 올 것이다. 아직 현관 열쇠를 잃어버린 적은 없으나 신경을 쓰면서 작은 쇠를 잃어버리지 않기 위해 노력한다.

현관 열쇠와 비밀번호 사용이 둘 다 좋다고, 나쁘다고 할 수도 없다. 열쇠는 쇠를 몸에 항상 지녀야 하고 분실되면 비용을 들여 새로 만들어야 한다. 비밀번호는 더 편리하다. 번호만 잊지 않고 있으면 문을 열 수 있고 만약 집주인이 바뀐다면 숫자만 바꾸면 된다. 그러나 뉴스에서 도둑이 비밀번호를 옆에서 지켜보고 있다가 집주인이 없을 때 번호를 누르고 들어가는 장면을 보고 나서는 소름이 끼쳤다. '우리 집은 괜찮을까? 비밀번호를 좀 더 자주 바꿔야 하나?' 하면서 불안하게 걱정을 하게 된다. 이럴 때는 하나밖에 없는 열쇠가 더 나은 것 같다. 아니면 홍채 인식이 되는 첨단 시스템으로 바꿔야 하나?

작업실 열쇠를 책상에 던져놓고 나서 문득 '저런 열쇠가 더 낫지 않나?' 하는 생각이 들었다.

습관적으로 노트북의 메일을 열어본다. 어느 사이트를 들어가려 하면 각자의 아이디와 비밀번호를 입력해야 한다. 많은 사람이 지문처럼 서로 다른 아이디와 비밀번호를 생성한다. 이것은 처음 마주하는 애완견의 이름을 짓는 일처럼 어렵다. 자신이 기억하기 쉬워야 하고 중복되면 안 되고 본인이 친숙한 영자와 숫자와 부호로 연관되어야 한다.

다른 사람들은 아이디와 비밀번호를 어떻게 만들까? 또 현관의 비밀번호는 어떻게 만들어낼까? 주소나 이름이나 생년월일, 기념일, 제삿날, 어르신들의 생신, 아이의 돌잔칫날, 친한 친구의 생일, 처음 만났던 날, 함께 여행하던 기차의 번호, 감명 깊은 영화를 보았던 좌석의 번호, 맛있는 커피 전문점에서 불리던 번호, 아름다운 여행지 호텔의 번호,

공항에 들어갔던 화장실의 번호, 아니면 정말 싫어하는 친구의 생일을 사용할 수도 있다. 그래야 기억이 잘 나기 때문이다. 누군가 핸드폰의 번호를 물어보는 일은 둘 중의 하나다. 전화를 다음에 걸기 위해서와 저장하고 일부러 안 받기 위해서다.

무수히 스쳐 가는 많은 숫자가 춤을 춘다. 만약에 우리가 무심코 입력하는 숫자가 없었다면 아이디와 비밀번호를 개나리꽃 진달래꽃과 자작나무라고 해야 할까? 새삼 숫자의 고마움과 중요성을 실감하게 되었다.

비밀번호는 사랑하는 사람들에게 붙인 이름표처럼 숫자로 이름을 만들어준 것 같다. 아마도 사람들은 좋아하는 사람과 함께 공유했던 숫자들로 비밀번호를 생성할 것 같다. 그것은 모두 빗방울에도 끄떡없는 거미줄처럼 얽혀 있다. 인연이란 참으로 가늘고 질긴 것이다.

주기적으로 비밀번호를 바꾸라고 컴퓨터에 창이 뜬다. 이제는 또 무슨 숫자로 바꾸어야 하나? 딸과 여행했던 타워의

엘리베이터 번호로 할까? 어제 먹은 햄버거 가게 전광판에 올려진 순번의 번호로 해야 하나?

지금 이 세상은 기억해야 할 숫자들이 너무 많다. 어쩌면 먼 미래 세상에는 숫자가 없어질 수도 있지 않을까? 센서와 또 다른 신호로 인해 모든 정보와 시스템이 연결되는 날이 올지도 모른다. 아무래도 요새 판타지 영화를 너무 많이 보았나 보다….

그래도 아직은 비밀번호를 잘 간직하고 있어야겠다.

9
나도 닭다리가 먹고 싶다

어제저녁 우연히 치킨을 배달하는 분과 엘리베이터를 함께 타게 되었다. 좁은 엘리베이터 안은 기름 냄새가 나갈 곳이 없어서 코로 여과 없이 흘러들어왔다. 정말 식욕을 돋우는 향기 중 하나가 달달하고 고소한 닭튀김의 냄새가 아닐까 한다. 그 향기는 빠른 속도로 침샘을 자극했다. 집에는 이미 저녁 식사 재료가 있었기에 치킨을 배달해 먹지 않았다. 그러나 잠이 들 때까지 그 향기를 잊지 못해 오늘 오후에 사기로 했다.

오래전에 튀김을 집에서 하다가 기름이 튀어 손목에 화상을 입고 나서는 밖에서 사 오든지 배달해 먹고 있다. 닭고기 부위 중에서도 닭 다리나 날개를 좋아한다. 살 빼는 사람은 가슴살이 맛있다고 할 수도 있겠지만 말이다. 고기가 많지도 않은 목살을 좋아하는 사람도 있다.

보통 때는 딸과 남편에게 다리 한 개씩을 주고 나면 맛있지도 않은 퍽퍽한 가슴살을 질겅질겅 씹어야 했다. 그러나 오늘은 왠지 나도 닭 다리가 먹고 싶었다. 그래서 값비싼 프랜차이즈 대신 시장에서 파는 저렴한 것으로 두 마리 사기로 했다. 먹다 남은 한 개의 닭 다리는 손이 빠른 사람의 차지가 될 것이다. 가수 지오디의 유행가에서 '어머니는 짜장면이 싫다고 하셨어….' 하는 가사가 흘러나오면 언제나 희생을 하는 엄마들의 심정이 담겨 있어 가슴이 찡하기도 하고 화가 나기도 한다. 지오디의 가사처럼 희생만 하며 우울하게 사는 엄마는 되고 싶지 않다. 엄마도 짜장면을 맛있게 먹을 줄 알고 커다랗고 쫄깃한 닭 다리를 뜯을 줄 안다고 딸에게 말한다.

시장의 닭튀김 가게에서는 두 마리를 주문하면 천 원을 할인해준다. 주문한 닭이 밀려서 기다려야 했다. 가게 플라스틱 의자에 앉아 오가는 사람들을 무심하게 바라본다.

많은 닭 요리 중에 하필이면 닭튀김이 먹고 싶은 것일까? 어제 엘리베이터 안의 기름 냄새 때문일까?

여러 가지 종류의 고기들이 있지만, 닭고기만큼 많은 요리를 해낼 수 있는 것도 없을 것이다.

엄마가 좋아하시는 뽀얀 국물의 삼계탕, 추울 때 먹으면 든든한 볶음탕, 국물이 적은 감칠맛 나는 찜닭, 매운 닭개장, 꽂개에 끼운 생맥주 안주로 어울리는 꼬치, 날씬한 여자들만 먹어야 할 것 같은 기름기 없는 가슴살 샐러드, 소화되기 쉬운 죽, 춘천으로 한 시간 반을 달려가서 숯불에 구워 먹는 갈비, 맑은 곰탕, 고기와 탄수화물을 함께 먹을 수 있는 칼국수, 빙글빙글 돌아가는 갈색의 껍질을 보며 침을 삼키게 되는 장작 구이, 중식당에서 맛볼 수 있는 깐풍기도 빼놓을 수 없다. 가장 민주적인 강정도 있다. 강정의 모습은 어디가 다리인지 가슴살인지 구분하기 어렵다. 작은 조각으로 튀겨지니 여럿이 먹어도 불공평하다는 생각이 덜 드는 요리이다. 불공정 불평등에 치가 떨리는 사람은 주말 저녁에 닭강정을 먹어야 할 것 같다.

여러 가지 닭 요리가 머릿속에서 지나가고 토요일 오후 시장 안 사람들의 장바구니들도 정신없이 빠르게 지나간다. 의자에 앉아 기름 냄새를 맡다 보니 머리카락과 온몸에 향기가 밴 것 같다.

치킨 가게 맞은편에는 쪼그리고 앉아서 채소를 파는 작은 몸집의 할머니가 보인다. 그녀는 아마도 남편과 자식과 손자 손녀에게 닭 다리를 싫어한다며 넘겨주실 것 같다. 소화가 안 돼서 튀김을 싫어한다고 하실지도 모른다. 혼자 모르는 할머니의 이야기를 만들고 있다. '무가 떨어졌던데 하나 사 갈까?' 하고 생각해보았으나 포기했다.

닭을 두 마리를 샀으니 시원한 캔맥주 두 개는 사야 하는데 짐이 무거워지기 때문이다.

앞의 손님이 치킨을 받고 나서 뚫어지게 내 포장 비닐을 바라본다. 고소한 맛과 매콤한 맛을 한 가지씩 골랐는데 한 가지 맛이 두 마리 들어가면 곤란해진다. 다행히 고소한 맛과 매콤한 맛은 자기들의 줄이 다 있다.

사람들도 자기 자리의 줄이 다 있는 것 같다. 본인에게 어울리는 적당한 자리에 줄을 서면 나중에도 별 탈이 없는데 잘못 서서 망하는 사람들을 보게 된다. 누가 알려줬으면 좋겠다. 나의 줄은 어디라고 하면 참 쉬울 것이다. 고소한 맛과 매콤한 맛 중 어떤 줄에 서는 게 맞는 것일까?

비닐봉지에 담긴 치킨 두 마리와 맥주를 덜렁덜렁 흔들며 걸어서 집으로 돌아온다. 아마도 누군가는 어제의 나처럼 온몸에서 풍겨 흐르는 치킨 냄새를 맡고 사 먹을지도 모른다. 뒤를 돌아보니 강아지 한 마리가 봉지를 따라오고 있다.

집으로 돌아와 신문을 깔고 바삭하고 매콤한 닭 다리를 뜯고 긴 유리컵에 맥주를 따르고 얼음을 넣어 마시니 기분이 참 상쾌하다. 플라스틱 의자에 앉아서 오래 기다린 보람이 있었다. 먹고 싶은 음식을 마음 편하게 먹고 있으면 행복하다고 느낀다. 음식 맛도 중요하지만 어떤 사람과 먹느냐도 참 중요한 일이다. 오늘은 닭 가슴살이 아닌 쫄깃한 다리살을 맛있게 먹을 수 있었다. 세상의 모든 아들과 딸들은 알았으면 좋겠다.

'엄마도 닭 다리가 먹고 싶다고!'

10

포
장
하
다

한 10년을 우리 집에서 일해준 에어프라이어가 떠나는 날이다. 오래 써서 아무리 씻어도 기름이 머문 냄새가 가시지 않았다. 한번 사면 닳아질 때까지 오래 사용하는 성격이다. 가구나 가전제품도 들어오면 나갈 줄 모른다. 버리는 일을 못 한다. 옷도 마찬가지다. 어떤 청재킷은 대학 때 입었던 것을 아직도 입고 다닌다. 옷을 너무 튼튼하게 만들기 때문일까? 이불도 솜이 빠져나오기 전까지는 '이번에는 버려야지.' 하면서 버리지 못한다.

이러니 에어프라이어를 버리는 일은 커다란 버릴 결심을 한 것이다. 그것을 떠나보내는 일이 힘들었기에 몇 달을 미루었다. 작은 것들과의 이별조차도 잘 견디지 못한다. 며칠 전 고구마를 굽기 위해 작동시켰는데 여전히 안 좋은 냄새가 나고 익은 고구마도 맛이 없었다. 이제는 정말로 이별할 시간이 온 것이다. 에어프라이어에 쓰레기 배출용 스티커를 붙이고 쓰레기장으로 보내버렸다. 아쉬운 마음이 드는 건 어쩔 수 없다.

이틀 동안 검색을 해서 가정용으로 주문한 새 제품이 도착했다. 전의 것은 피자를 데워 먹을 때 불편해 조금 크고 앞에서 열 수 있는 제품으로 주문했다. 상자의 테이프를 제거하고 스티로폼 포장을 떼고 올록볼록한 비닐도 떼어내고 두꺼운 종이로 된 포장지도 분리해놓는다. 다 꺼내놓고 보니 포장지가 작은 거실에 한가득하다. 과대 포장이 아닌가 싶기도 하지만 이렇게 배달하는 가전제품들은 튼튼한 포장이 필요할 것 같기도 하다.

친구에게 생일 선물을 줄 때도 포장한다. 어린 시절 문방구를 다 뒤지다시피 해서 예쁜 포장지를 사서 선물을 포장하고 축하 카드도 잊지 않고 써서 친구에게 주었다. 포장하고 축하 메시지를 쓰는 일이 얼마나 즐거웠는지 지금도 생생하다. 선물을 받고 좋아하는 표정을 상상하며 포장하는 일이 참 즐거웠다. 누군가에게 주는 즐거움을 느낀 순간이다. 편지를 주고받는 일은 참 행복한 일이다. 글에는 온갖 아름다운 글귀들이 담겨 있어서 친구들의 마음을 따뜻하게 해주었다.

고마운 분에게 줄 선물은 가끔 백화점에서 구매한다. 작년에 엄마의 생신 선물을 포장하는데 역시 백화점에서는 포장지를 많이 사용한다. 선물 상자를 고상한 색깔의 포장지로 감싸고 리본을 두르고 쇼핑백에 담아준다. 그래도 예전보다는 간소화되었다. 환경을 걱정하는 나로서는 포장지를 줄였으면 하고 생각하지만, 한편으로 예쁘게 포장된 선물을 보고 받는 분이 기분 좋게 받을 수 있을 것 같기도 하다. 어느 것이 옳은 일인지 모르겠다.

아무튼 백화점에서 포장한 선물의 겉모습은 참 귀티 나고 예쁘다는 사실은 인정한다. 그래서 사람들이 백화점에서 쇼핑하는 것일까?

　그림을 포장하는 데도 상당한 포장지가 들어간다. 이동 중에 그림이 상하지 않도록 뽁뽁이 포장지가 많이 들어간다. 그림의 크기대로 자르고 여분도 넉넉하게 남겨야 한다. 모서리 가장자리를 한 번 더 포개주어서 튼튼하게 접는다. 두꺼운 테이프로 사방을 다 붙이고 크기가 큰 그림은 가운데 부분을 가로세로로 더 잡아준다.

　프랑스 파리에 있는 갤러리로 그림을 보낼 때는 정말 신중하게 포장을 했다. 몇 번을 겹쳐서 싸고 주소도 크게 네임펜으로 써서 보냈다. "쫙 쫙!" 테이프를 두르는 소리는 타인은 시끄럽다고 느낄 수 있지만, 나에게는 의미 있는 소음이다. 그림을 포장하는 일은 판매가 되었거나 전시회를 하기 위해서 또는 액자를 맡기러 가기 위해서다. 그러니 의미 있는 포장의 소리인 것이다.

　사람도 자신을 포장한다. 아침 외출을 하기 위해서 부스스한 얼굴을 세수하고 이를 닦고 화장을 하면서 몸을 포장한다. 티셔츠와 바지, 점퍼를 입고 또 한다. 외모만이 아니라 성격도 포장한다. 많은 사람은 집에서 혼자 있을 때와 바깥에 나가서 참석하는 모임에서의 모습이 다르다. 내성적인 사람이라고 해서 모임에 나가서도 땅만 바라보고 있을 수는 없다. 반대로 외향적인 사람이라 계속 자기 얘기만 하다 보면 눈총을 받을 수도 있다. 포장의 강약도 모두 다르다. 약한 예도 있고 완전히 다른 사람처럼 행동하는 일도 있다. 하루하루 급변하는 지금의 세상에서 살아남으려면 얼마의 포장은 필요하다고 생각한다. 시간과 장소에 맞는 옷을 고르듯이 우리의 모습을 빠르게 포장할 수 있어야 한다. 나처럼 그것에 서툰 인간이 살아가기에는 버거운 포장의 세계지만 어쩔 수 없이 적응해야 한다. 나의 포장지는 하얀 거짓말을 잘하고 은은한 나무 향이 풍기는 것이었으면 좋겠다.

조금씩 나은 사람으로 보이게 살다 보면 정말 그렇게 되는 것일까?

좋은 사람이 되어 포장하다 보면 정말로 좋은 일이 생길 것이라고 기대해본다.

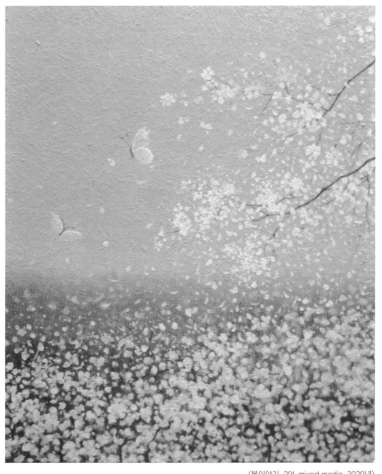

〈봄이야기, 20f, mixed media, 2020년〉

제2장

살랑살랑 부는 바람이
그리운 여름

1
아
침
의
오
케
스
트
라

　매일 아침에 서울 시내로 출근하는 딸을 광역버스 타는 곳까지 차로 데려다준다. 몸이 아프거나 하면 힘들지만, 그 외에는 꼭 해야 하는 일이다. 우리 집은 경기도 변두리이고 마음은 서울의 부자 아파트에 살아서 고생을 덜 시키고 싶은데 돈 이야기만 나오면 애벌레처럼 쪼그라든다.

　외출하기 전 쓰레기 분리수거할 것도 미리 챙겨놓는다. 엘리베이터를 타고 지하로 내려가면 아파트 청소하시는 분에게 인사하고 쓰레기를 버리고 차에 오른다.

도로 앞으로 지나가는 교복 입은 학생들, 출근하는 직장인들의 모습들이 아주 바쁜 아침의 풍경이다. 사람들과 차들이 많아 좁은 도로라 서행한다. 젊어 보이는 아빠가 네 살 정도로 보이는 아이를 질질 끌다시피 하며 유치원 입구로 들어서고 있다. 아이는 유치원에 가기 싫다는 뒷모습이고 아빠는 어서 아이를 맡기고 출근해야 하는 바쁜 걸음걸이 같았다. 내 눈에는 귀엽기만 한 평온한 아침 풍경이다.

시장 쪽으로 지나는 길에 만두와 도넛을 함께 파는 가게가 보인다. 네 명의 직원이 벌써 쪄 나온 만두를 팔고 도넛을 튀기고 있다. 아침 8시 40분에 만두가 이미 나와 있다면 직원들은 도대체 몇 시에 출근해야 하는 걸까? 아니면 어젯밤에 미리 만들어놓은 걸까? 그렇지는 않겠지만 알 수가 없다. 참 부지런한 사람들이다.

그 옆에는 큰 사거리에서 지하도 공사를 해 차의 진로를 알려주는 분이 열심히 손짓하고 계셨다. '에고 공사장 옆에서 만드는 만두는 괜찮을까?' 싶지만 그것은 나의 쓸데없는 걱정이다. 만두는 쪄 나오는 대로 바로 팔리기 때문에 먼지가 쌓일 틈이 없는 가게이기 때문이다. 우리들의 일들도 막 힘없이 만두처럼 바로 소통이 돼버리면 사람들이 그렇게 다툴 일도 없을 것 같은데 하는 생각이 들었다.

조금 지나면 떡집 간판이 보인다. 떡집에서 쪄 나오는 떡을 보면 온갖 색깔의 물감이 만들어져 나오는 것 같다. 감자떡, 바람떡, 절편, 가래떡, 수수 팥 경단, 쑥 찰떡, 무지개떡, 백설기, 식혜도 보인다. 방금 나온 따뜻한 가래떡에 시원한 식혜 한 입 먹고 싶지만 지금은 참아야 한다.

차가 어쩌다가 길 중간에 걸쳐졌다. 안내하는 분이 오른쪽으로 가라고 했지만, 난 손가락으로 정면을 가리켰다. 그제야 의사소통이 되어서 다음에 신호등의 직진 신호가 들어와 출발했다.

공사장의 인부들은 6월 아침의 더운 햇볕을 받으면서 열심히 일하고 계셨고 그 소음들을 뒤로하고 지나갔다. 열심히 땀 흘려 일하는 건강한 사람들의 모습은 아침을 더 힘 있게 만들어주는 것 같다.

아침의 다양한 풍경들을 만났다. 딸의 목소리, 교복 입은 학생들의 웃음소리, 걷기 싫은 아이와 바쁜 아빠의 귀여운 발소리, 만두 찌는 소리, 도넛 튀기는 소리, 떡집에서 김 나는 소리, 공사장에서의 금속 소리 들이 다 함께 오케스트라 연주를 하는 것 같다. 각자의 주어진 위치에서 열심히 할 일을 하는 풍경이 밝고 건강하게 느껴진다.

오케스트라에서 내 역할은 무엇이지? 지휘자가 아닌 것만은 확실하다. 생각해봐야 할 일이지만 그렇게 많은 고민은 하지 않을 것이다. 날마다 아침 해는 떠오르고 어차피 시간은 물처럼 흘러가고 있고 하고 싶은 일을 할 것이기 때문이다.

아침의 오케스트라 연주자들이 오늘도 모두 무사히 평안하게 집으로 돌아가기를 빌어본다.

2

채
송
화

　여름 장마의 시작인가 보다. 아침부터 빗줄기는 퍼붓기와 잠깐의 소강상태를 반복하며 아우성이다.

　'저벅저벅.' 비를 먹은 아스팔트 바닥의 샌들 소리를 들으면서 걷고 있다. 비가 많이 온다고 해 보통 때보다 큰 우산을 들고 파란색 긴 우비까지 입었다.

　초록빛 신호등을 보며 건널목을 지나고 우연히 아주 작은 채송화 무리와 마주했다. 화분에 예쁘게 심어놓은 것도 아니고 화단에 줄을 쳐서 누군가 세심하게 키운 것도 아니다.

바람을 타고 어디선가 꽃씨가 날아와 꽃을 피운 곳은 인도 보도블록 사이의 가늘고 좁은 틈새다. 무언가 심장에 쿵 하고 와 닿았다. 키 작은 채송화는 이 비바람에 빨갛고 노랗게 피어나기 위해 얼마나 고생을 했을까? 이곳에 안착하기 위해 얼마나 많은 눈물을 흘렸을까? 채송화 무리를 보고는 나와 닮았다는 생각을 했다. 작고 보잘것없지만, 노력해서 작은 결실을 만들어내고 있었다.

큰 바위 틈새에 피어난 보라색 나팔꽃들도 그렇고 벽이나 낮은 지붕으로 힘겹게 감아내고는 살굿빛 아름다운 꽃망울을 피우고 있는 능소화 또한 그렇다.

어딘가를 디디고 땅을 파고 온전히 혼자의 노력으로 피어나는 들꽃들이 경이롭고 처량해 슬픔에 목이 메기도 하다. 그러나 그것들은 작은 꽃을 만들어내고야 만다.

어떤 날은 슬프고 화가 나고 평범한 일상이 지나가기도 한다. 소소하게 예기치 않은 작은 행복의 시간이 오기도 한다. 지금 이 순간에도 시간은 공평하게 흘러가고 있다. 세상에서 공평한 것은 시간밖에 없다….

　채송화라는 이름이 이렇게 아름다운 이름이었나 싶다.
　아침에 피었다가 오후에는 시든다니 너무 시적이지 않은가!

　채송화에 반한 여름날의 아침 비와 따뜻한 커피를 마시며 흘러가는 시간을 천천히 따라가 본다.

3

여
름
날
의

산
책

여름이면 수박, 바다, 시냇물, 시원한 팥빙수, 냉커피 등
의 단어가 떠오른다. 오늘은 여름날의 산책이라는 단어가
추가되었다. 숲에서 산책하는 시간을 갖기로 했다.

집 근처 수목원에 가거나 가끔 친구들과 자연휴양림에 가
기도 한다. 친구들과의 여행은 가파른 곳을 등산하는 것은
아니고 숲을 산책하고 저녁 먹고 잠자리에 든다. 숲의 향기
를 맡으며 별과 함께 청하는 잠은 달고 편안하기 그지없다.

오늘은 가까운 곳으로 가벼운 산책을 하고 싶었다. 다행히 집에서 예술공원으로 가는 버스 노선이 있어서 시간표를 확인하고 길을 나선다. 산책의 시작은 집에서 나가는 게 반인 것 같다. 외출하려면 세수를 하고 로션과 선크림이라도 발라야 하고 옷도 외출복으로 갈아입는 과정이 필요하다.

운전하면 보이지 않던 풍경들이 걸어 나가서 높은 버스에 오르면 눈에 들어온다. 유모차를 붙잡고서 거북이 같은 모습으로 천천히 걷고 있는 백발의 노인, 손님 없는 미용실에서 무심히 종이컵에 차를 마시고 있는 사장님, 바빠서 머리를 마저 말리지 못하고 젖은 머리카락을 휘날리며 뛰어가는 숙녀의 뒷모습, 그리고 더워서 축축 늘어진 가로수 잎의 얼굴….

신발은 편안하고 시원한 여름 샌들을 신었다. 무리한 산행을 할 것이 아니므로 샌들을 골랐다. 그때부터 이미 물속에 들어가기 위한 계획이 있었나 보다. 버스에서 내려서는 어슬렁어슬렁 천천히 걷기 시작했다. 숲속 여름의 신록은 더없이 푸르르고 향기롭다. 활기차고도 싱싱하다. 나뭇가지, 바람에 흩날리는 잎새들의 춤, 작은 들꽃들의 화려한 축제를 바라보며 여름의 풍경들을 사진으로 남겨본다.

조용하게 걷다 보면 마구 얽혀 있던 실들이 한 줄씩 풀어진다. 엉킨 실을 풀어본 적이 있는 사람은 알 것이다. 은근히 어려운 일이고 끈기와 집중력이 필요하다는 것을…. 한 번에 풀려고 욕심을 내서 잡아당겨 버리면 더 강하게 얽히고 만다. 결국, 가위로 잘라버려야 한다. 사람들과의 관계도 마찬가지다. 갈등이 있을 때 적당하게 풀려고 해야 하는데 힘주어버리면 오해를 낳아버리고 헤어지기 쉽다. 약하고 변화무쌍한 것이 인간의 감정이라고 생각한다.

나의 체력은 강하지 못하다. 조금만 걸어야 한다. 욕심을 내서 힘들게 걸으면 발바닥에 물집이 잡히고 통증이 일어나 다음 날에는 앓아눕고 만다. 내 발은 어찌해서 이렇게 약할까? 엉킨 실처럼 욕심내지 말라고 하는 것인지 알 수가 없다.

산책로 옆으로 내려갈 수 있는 틈이 보여 시냇가로 내려갔다. 바위들을 한 발씩 밟고서 조심스럽게 디딘다. 등산화를 안 신은 것을 후회하지 않는다. 시냇물에 발을 담그고 싶었기 때문이다. 미끄러질까 봐 얕고 평평한 쪽으로 향한 후

발을 살며시 담갔다. 그래 여름엔 이 맛이지! 수박보다 팥빙
수보다 냉커피보다 시원한 것은 시냇물에 발 담그기다. 바
다라고 말하는 사람도 있겠지만 짠물과 모래를 다시 씻어내
야 한다.

발이 시원하니 살짝 걸었던 몸의 열기가 싹 씻겨 내려간
다. 흐르는 물소리의 경쾌함이 즐겁다. 물에 빠진 발을 가만
히 내려다보고 있으니 새삼 발에 고맙다는 생각이 든다. 그
래도 아직까지는 스스로 잘 걸어 다닐 수 있으니 이런 호사
도 느끼는 것이 아닐까? 옆으로는 작은 물고기가 노닐고 있
고 산새들은 귀여운 목소리로 노래한다. 평일 오전 시간이
라 번잡스럽지가 않아서 좋았다. 새처럼 노래를 잘했으면
좋겠다. 그러나 아쉽게도 나는 음치 중의 음치다. 그래서 아
름다운 목소리로 노래를 잘하는 사람을 보면 정말 부러운
마음이 든다. 이런 순간 노래를 한다면 금상첨화일 것 같았
다. 할 수 있는 것은 예쁜 풍경 사진 찍기 정도이다. 사진을
찍은 후 마음의 감동을 글과 그림으로 풀어낸다.

한참을 돌 위에 앉아 있었더니 엉덩이가 아파지기 시작한

다. 근처에 가끔 가는 커피 전문점으로 발길을 향한다. 발을 시원하게 해주었으니 목도 시원하게 해주어야 했다. 정말로 멋쟁이들은 더운 여름에도 뜨거운 커피를 마신다고 하는데 멋쟁이를 포기하고 아이스 아메리카노와 버터 쿠키를 주문한다. 통창으로 보이는 바람에 나부끼는 잎새와 커피가 옆에 있으니 외롭지 않다. 수제 쿠키의 맛도 달지 않고 담담하니 좋다.

이런 여유로운 힐링의 시간을 담아내러 일어나 길을 나선다. 없던 길을 개척하는 일도 훌륭하지만 있던 길로 걸으면서 나와의 시간을 갖는 일도 참 소중하다고 느낀다. 여름날의 산책을 즐기고 작업실에서 소중한 시간을 기억하기 위해 다시 펜을 든다.

〈달의 노래, 30p, mixed media, 2021년〉

4
돌
아
오
지
않
는
기
차
여
행

 '두두 두두둑 두두.' 밤의 KTX 열차 안 조용한 객실에 갑자기 들려오는 소리. 귀 기울여 들으니 빗소리다. '소나기가 내린다고 했는데 밤에 오는구나!' 창밖은 깜깜하고 사람들은 거의 잠든 듯 보였고 노트북으로 영화를 보는 사람도 있다. 빗소리에 졸다 깨어 앞 좌석의 남자가 보는 일본 애니메이션 영화를 간간이 보았다. 시선 방향이 그런 것일 뿐 일부러 본 것은 아니다.

 속도가 빠른 기차라 그런 것일까? 강한 소나기 때문일까?

몇 분 동안 창을 두드리는 소리는 심장도 두드려놓았다. 침잠하는 마음의 밧줄을 붙잡고서 빗소리를 감상한다.

친구와 당일치기 부산 여행을 계획했다. 서로 장거리 운전은 부담스러워 KTX 열차를 예매했다. 당일 여행이라 준비물은 많이 필요하지 않다. 화장품과 잠옷만 없어도 짐이 준다. 여행 전날 가벼운 짐은 싸놓았다. 여행은 준비하는 과정이 반이라고 하지 않던가! 여행은 설렘을 안고 시작한다. 설렘의 조각들을 하나둘 가방에 넣어본다. 선글라스는 아침에 차에서 빼기로 하고 양산, 지갑, 핸드폰, 손수건, 휴지, 물 등을 챙겼다. 중년을 넘어서는 사람들은 약도 챙긴다.

드디어 아침이 밝았다. 택시를 부르고 나가려는데 지하 3층 차 안에 두고 온 선글라스를 챙기지 않은 게 생각났다. '내일 나가면서 챙겨야지.' 했는데 까맣게 잊고 택시를 불렀다. 택시가 도착하려면 몇 분은 걸릴 것이다. 부산의 여름 태양 빛을 선글라스 없이 견딜 자신이 없다. 주차장 계단을 뛰기 시작했다. 달리기를 참 오랜만에 했다. 지하 3층으로 내려갔는데 차가 없다. '헉 지하 2층이다!' 다시 뛰어 위로 올라갔다. 겨우 선글라스를 들고 택시 기사님께 늦어 죄송하다고 말하는 내가 정말 창피했다. 정말로 치매에 걸렸나 보다. 광명역으로 가는 택시 안에서 나를 자책하며 갔다. '미리 밤에 차에서 꺼내놨어야지 이 바보.' 내릴 때는 "치매 합니다."라고 말할 뻔했다. 다행히 "감사합니다."라고 하고 친구를 만났다. 이런 일들이 잦아졌다. 무얼 해야지 하며 그 순간에 해놓지 않으면 까맣게 잊어버린다. 치매 합니다….

아침부터 기운이 쭉 빠지고 땀은 비 오듯 쏟아졌다. 기차에 타고도 땀이 잘 식지 않았다. 친구와의 대화는 당연히 선글라스로 시작되었다. 서로 잘 챙겨주기로 약속하면서….

아침부터 정신이 없었지만, 여행은 참 즐겁다. 새로운 장소에 가고 맛보고 냄새 맡고 감동하고 이런 모든 일이 즐겁다.

역에서 2시간 반 정도 달려 무사히 부산역에 도착했다. 불볕더위 탓에 선로 과열을 우려해 중간중간 서행한다는 안내 방송이 나올 때는 '이러다 열기 때문에 기차가 서는 거 아냐?' 하며 걱정이 됐다. 재난 영화를 많이 본 탓일까? 부산

역에서 택시를 타고 광안리 해수욕장으로 향했다. 기사분의 사투리를 듣고 바다가 보이는 풍경을 보고서야 부산에 온 것을 실감했다.

우리는 광안대교가 보이는 횟집에서 점심을 먹기로 했다. 다행히 횟집은 맛도 좋고 풍경도 훌륭했다. 맥주 한 병을 시켜 함께 나누어 마셨다. 아무리 더운 날에도 회를 술 없이 먹는다는 건 반칙이다. 친구와 멋진 광안대교와 바다를 바라보며 고추냉이 곁들인 도미 한 점과 차가운 맥주를 마시니 바다가 내 세상이 된 것 같았다. 급한 일도 없다. 일부러 일정을 많이 잡지 않았다. 부산 바다 향기를 맡는 게 목적이었으니…. 천천히 회를 음미한다. 돌아가는 기차는 밤으로 예약했으니 충분히 여유가 있다. 우리의 뱃살도 함께 넉넉해진다.

식사를 마치고 커피를 마시기 위해 커피 맛집을 검색한다. 그러나 우리는 가까운 곳에 에어컨 잘 나오는 시원한 가게로 들어갔다. 너무 심한 더위는 오래 찾아다닐 용기를 꺾어버렸다. 아이스 아메리카노 두 잔에 몸을 맡기고 여름 바다를 감상한다. 여기까지 오기 참 잘했다고 하면서….

우리는 해변으로 양산을 쓰고 걸어갔다. 아침의 그 선글라스도 쓰고 파도 소리에 귀를 기울이며 발을 담가본다. 수영복은 챙기지 않아서 발만 담그기로 했다. 태양의 열로 인해 바다도 뜨거운 거 아닌가 생각했는데 의외로 시원했다. 일부러 운동화가 아닌 샌들을 신고 와서 발 담그기에 아무 문제가 없었다. 아무리 양산을 써도 바닥은 달아오르는 감자전 지지는 프라이팬처럼 뜨겁게 느껴졌다.

바닷물에 잠깐 발을 담갔다. 수도에서 발을 씻은 후 그늘로 산책했다. 해수욕장을 돌아보고 광안대교를 배경 삼아 사진을 찍으며 오후 시간을 즐겼다. 저녁은 부산역 근처에 있는 유명한 밀면을 먹기로 했다. 낮에 해변으로 올 때 극심한 교통 체증이 있었기에 일찍 해변에서 나왔다. 다행히 밀면 식당 앞에는 기다리는 줄이 길지 않았다. 옆에서 말하는 부산 사투리를 들으며 밀면의 쫄깃함과 시원함을 뒤로하고 부산역으로 향했다.

돌아오는 밤 기차에 오르자 우리는 문어처럼 퍼져버렸다. 더위와 바다와 밀면의 이야기들이 한꺼번에 보따리를 만들었다. 빗소리에 깨어 생각해본다. 우리가 만약 돌아오지 않는 기차 여행을 한다면 어땠을까? 하루 동안의 짧은 여행이었지만 오늘 안에 돌아온다는 유한성이 있기에 더 즐겁고 소중한 시간이 아니었을까? 만약에 돌아갈 집이 없다면 정말 슬프고 외로운 일일 것이다.

밤 기차 여행, 돌아오지 않는 기차 여행.
그러나 우리는 집으로 돌아오는 기차 여행을 했다.

5
장
마

쉬지 않고 종일 비가 내리는 장마다. 연일 TV에서는 비 때문에 손해 입은 집과 차와 사람들의 사건 사고들을 방송하고 있다.

외출하고 돌아올 때는 등산로처럼 오르막길이라 힘들지만, 우리 집은 지대가 높은 곳이라 집까지 물이 찰 일은 없다. 바람도 세게 불어서 집 밖으로 나갈 엄두가 나지 않는다.

따뜻한 커피를 한 모금씩 마시면서 '무얼 할까?' 하고 아무리 생각해봐도 떠오르지 않는다. 외출하게 되면 어느 정도

동선이 나온다. 시장에서 반찬거리를 사 온다든지 생각이 나는데 이렇게 쩌렁쩌렁하게 울어대는 젖은 하늘에는 무엇을 해야 할지 모르겠다. 표류하는 회색의 나룻배처럼 암울하게 느껴진다.

　주방의 그릇과 냄비 정리, 싱크대 청소하기? 아마도 정리정돈을 해본 사람은 알 것이다. 이것만 해도 하루가 간다는 것을…. 일단 싱크대 안의 그릇과 냄비, 팬을 모두 꺼내야 한다. 다음에는 싱크대 안을 세제 묻힌 행주로 닦는다. 다시 마른행주로 물기를 닦고 그릇들을 용도와 크기와 빈도수에 맞추어 정리한다.

　커다란 삼계탕 삶는 냄비는 가장 안쪽으로, 김치찌개 끓이는 중간 냄비는 그 앞에, 작은 라면 냄비는 또 그 앞에 자리를 잡는다. 냄비 뚜껑이 문제다. 수납장이 넓으면 한 냄비의 짝을 찾아 돌탑 쌓듯이 올리면 되지만 우리 집 주방은 수납장이 좁아 몰아서 포개어 놓는다. 그래서 요리를 하려면 자기 짝의 냄비와 뚜껑이 맞는 일이 거의 없다. 대충 크기가 비슷한 뚜껑을 찾아서 덮고 만다. 예전에는 꼭 맞는 뚜껑을 찾다 음식을 태운 적도 있었다. 그러나 요새는 뚜껑이 안 맞는다고 무슨 대수랴! 끓기만 하면 된다면서 비슷한 크기의 뚜껑을 올린다.

그릇은 또 어떠한가! 커다란 샐러드 접시, 생선 접시, 수프, 반찬, 국, 밥, 간장용 그릇 등이 있다. 그러고 보니 그릇의 종류도 참 많고 다양하다는 것을 느꼈다. 그릇도 조금 가격이 비싸고 무거운 접시는 안 쓰게 된다. 싸게 샀지만 가볍고 설거지하기도 편한 접시를 더 자주 쓰게 된다. 컵도 종류가 많다. 커피 마시는 컵, 물컵, 녹차가 어울리는 컵, 독일서 사온 맥주잔, 나무 젓가락을 모아 놓은 것, 각자가 어울리는 용기에 내용물을 넣어야 제맛이 난다. 아침의 따뜻한 커피는 커다란 흰색 컵이 어울리고 덥고 습한 여름날 저녁 시원하게 마시고 싶을 때는 키 큰 유리컵에 얼음을 채우고 원두커피를 마신다. 눈으로 반을 마시고 입으로 반을, 그리움으로 나머지를 마신다.

만약 숲속으로 캠핑을 갔다면 이야기가 달라진다. 그냥 아무 컵이나 다 통과다. 숲의 향기와 아름다운 풍경만으로도 충분하기 때문이다. 그래서 숲을 사랑한다. 욕심이 필요하지 않은 곳이 얼마나 될까? 더 높이 더 많이 더 풍족하게 남보다 더 빨리 이런 것들과 거리를 두어도 편안한 곳이라고 생각한다.

　수저와 젓가락도 사용하기 편하고 씻기 편한 것이 좋다. 몇 년 전 백화점에서 수저에 올록볼록 예쁜 꽃무늬가 도드라져 있는 수저 세트를 산 적이 있다. 몇 번을 사용하다 이사 다니면서 버린 것 같다. 모양은 예뻤는데 설거지를 할 때 돋아난 꽃 모양까지 세심하게 닦아내려니 나중에는 화가 났다. 왜 이걸 이렇게 열심히 씻고 있나 싶기도 하고 이런 수저를 산 내가 바보 같았다. 나중에는 그냥 평범한 수저를 샀다. 꽃무늬는 없지만 가볍고 설거지하기가 편하다. '진작에 이런 평범한 수저를 살 걸…' 하고 혼잣말을 한다.

　도마에도 성격이 있다. 유리 도마는 세균 번식의 걱정도 없고 깨끗하게 사용할 수 있지만 칼질할 때 소리가 시끄럽다. 처음에는 청결에 의미를 두고 참아보려 하였지만 깨지는 듯한 날카로운 소리 때문에 버려야 했다. 플라스틱 도마는 유리보다는 시끄럽지 않다. 오래 써보니 도마 표면에 흠집이 잘 생기고 색깔이 얼룩지며 잘 변한다. 나무도 오래 사용하면 틈이 생기고 색깔의 오염도 있지만 그래도 사용한다. 나무 도마에서 들리는 칼질 소리는 엄마의 자장가처럼 정겹다. 고기와 채소를 써는 소리도 모두 다르다. 몇 해 전 크게 유행했던 '난타'라는 뮤지컬에서도 도마에서 나는 칼의 소리를 신나게 연주하는 장면이 나온다. 그 음악은 경쾌하고 쾌활한 흥을 자극하는 소리로 기억한다.

할머니들이 오래되고 갈라지고 색깔도 변한 나무를 사용하는 것을 위생적이지 않다고 생각했었는데 늙고 보니 이만큼 따뜻한 소재가 없다.

그 많은 주방 정리를 시작하려고 하니 엄두가 나지 않는다. 어깨가 좀 뻐근한 거 같다는 핑계를 대고 에어프라이어에 구운 호박고구마와 따끈한 커피를 마신다. 고구마가 시장에서 파는 것처럼 고소하니 맛있게 구워졌다.

　그냥 아무것도 안 하기로 결정했다. 육체와 정신을 쉬어
주기로 한 날이다. 비가 계속해서 내리는 장마가 그렇게 나
쁜 것은 아닌 것 같다.

　창가에 흘러내리는 저 굵은 장맛비처럼….

　흐르는 감정의 물결을 따라가 본다.

〈봄 이야기, 30f, oil on canvas, 2020년〉

6

회
색
구
름

일주일 내내 비가 오락가락하는 여름날이다. 여름이란 계절을 예전에는 싫어했다. 너무 덥고 습해 불쾌지수가 높고 잠도 설치게 되고 몸도 점점 느려지게 된다. 손가락이 부어서 반지도 잘 안 들어간다. 장점이라고는 발견할 수 없는 날씨라고 여겨졌다. 그러나 지금은 이런 여름도 나름대로 아름다운 단면이 있다고 생각된다.

내리쬐는 태양 볕은 곡식을 영글게 하고 과일을 맛있게 익어가게 만든다. 시원한 바닷물에 몸을 담글 수 있는 계절도 여름이 아닌가! 바닷가에서의 물놀이는 참 즐겁다. 해변에 자리를 깔고 수영하고 모래 놀이도 하고 잘 익은 수박을 먹고 나면 피로가 싹 가셨다. 만약에 지금처럼 비가 계속 내린다면 우울한 바다가 돼버리겠지만 약간의 회색 구름이 반가울 때가 있다. 어깨와 등이 빨갛게 익어가는 바닷가에 살짝 드리운 구름은 사막의 오아시스처럼 반가운 손님일 것이다.

숲속에서의 산책도 그렇다. 여름의 숲속 산책은 그야말로 모기 밥이 되어버린다. 쏟아지는 햇빛 아래에 땀방울은 흘러내리고 흐르는 시냇물 소리를 들으며 걷다가 하늘에 회색 구름이 오면 서늘해지는 풍경이 와 닿는다. 나뭇잎도 조금은 숨통이 트이는 듯이 피톤치드를 뿜는다.

호숫가를 산책할 때도 그렇다. 여름 햇빛이 부서지는 날에는 양산을 쓰고 걸을 때도 있다. 물론 햇빛은 좋은 요소이지만, 그럴 때 구름이 오면 그렇게 반가울 수가 없다.

집에서 운전하고 나오는데 잠시 갠 하늘의 회색 구름이

참 평화롭게 느껴졌다.

밝고 맑은 날도 있고 여름 장마처럼 비가 내리고 이렇게 회색 구름이 낀 날도 내 삶의 한가운데에 있는 것이다.

사람들은 회색을 그렇게 호의적으로 보지 않는 것 같다. 힘든 일을 겪는 사람의 얼굴을 보고 '너 얼굴이 왜 이렇게 회색이냐?' 하며 묻기도 하고 이 편에도 저 편에도 서지 않는 사람을 회색 인간이라고도 한다.

그러나 무난한 회색을 좋아한다. 그 어느 쪽에 서는 부담 없이 튀지 않고 선택할 수 있는 색이다. 옷을 입을 때도 회색은 튀지 않고 선택할 수 있는 색이다. 무채색이든 유채색이든 무난하게 맞출 수가 있다. 검은색과 입을 때는 강한 힘을 부드럽게 녹여주고 노란색과 입을 때는 또 멋지게 어우러지도록 받쳐준다.

흰 구름, 검은 먹구름, 하늘색 구름 등 많은 구름의 색이 있지만, 오늘 같은 회색 구름도 좋다. 어느 구름과도 어울리는 따뜻하고 포용력 있는 마음을 가진 커다란 둥근 배처럼 느껴진다.

그렇게 한참을 멍하니 하늘과 구름을 바라보고 있으니 마음에 평화가 찾아온다.

잠시 비가 그친 여름 하늘의 회색 구름을 바라보며 핸들을 잡는다.
나는 배를 타고 항해를 시작한다.

7
연꽃 여행

7월의 여름 하늘은 예측할 수가 없다. 비가 퍼붓는다 싶으면 뜨거운 태양이 숨을 헉헉거리며 달리기를 한다. 만약에 1년 내내 이런 여름 날씨라면 정말 게으름뱅이가 되었을 것이다.

좋아하는 연꽃을 찍고 싶어서 근처에 갈 만한 곳을 검색해보았더니 시흥의 '연꽃테마파크'가 나왔다. 갈까 말까 고민을 하다가 나서기로 했다. 연꽃을 볼 수 있는 때가 지나버리면 푸석푸석한 줄기만 보고 올 수도 있기 때문이다. '집에서 차로 30분 정도의 거리여서 다행이다.'라고 생각했다. 만약 두 시간 정도였다면 가지 않았을 것이다. 거리의 중요성이 여행에서처럼 사람들의 만남에도 있는 것 같다. 몇 년 전함께 자주 보던 친구가 다른 도시로 이사 가면서부터 만남이 뜸해져 지금은 소식이 끊겨버렸다. 게으름 때문일 수도 있고 그냥 그만큼의 사이였다. 먼 데 사는 친척보다 가까이 사는 이웃이 더 낫다고 하지 않던가?

　태양이 뜨거워 빨리 둘러보자는 마음으로 주차를 하고 걷기 시작했다. 생각보다 넓은 대지에 연꽃들이 만개해 있었다. 여태껏 그렇게 많고 탐스럽고 크고 화려한 연꽃은 처음보았다. 우아한 연분홍빛이 수줍게 물들어 있고 줄기는 더없이 싱싱해 보였다. 연잎은 정말 크고 넓고 쭉 뻗은 잎의 줄기들로 세상 모든 것을 너그럽게 안아줄 것 같았다. 금방비가 내렸다가 그쳐서인지 빛깔들은 정말 선명하고 아름답고 밝았다. 가까이에서 꽃을 볼 수 있도록 여러 갈래의 좁은 길을 만들어놓아서 구경하는 재미가 있었다. 꽃과 가지와 잎들을 만져보았다. 생각보다 튼튼한 느낌이었다. 야들야들하고 금세 쓰러질 것 같은 나약함이 아니라 우직하고 어떤 바람에도 쓰러지지 않을 것 같았다. 조용하면서도 강한 힘이 느껴져 더 마음에 들었다. 사진을 찍기 시작하는데 옆에서 사진 동호회에서 나온 듯한 사람들이 진지하게 열심히 찍고 있었다.

작은 연못에 떠 있는 아기자기한 수련의 자태도 빠질 수 없다. 물속에서도 그렇게 꼿꼿하게 피다니…. 물속에서 서로 연결돼 있는 뿌리들 때문일까? 사람들과의 인연도 저 뿌리들처럼 연결되어 있을까? 건너가서 말하면 누군가의 지인이고 가족이고 친척인 경우가 많다.

수련의 얼굴을 보고 있으니 화가 모네의 수련 그림이 떠오른다. 모네는 자신의 정원을 아름답게 꾸며놓고 후대에도 길이 남을 걸작을 그렸다. 얼마 전 예술의 전당에서 모네의 수련 그림을 보고 편안하고 아름다운 색에 감탄하지 않았던가! 인간에게 감동의 울림을 준다는 건 정말 가치 있고 고귀한 일이라고 생각된다.

지금 눈으로 보고 있는 물빛에 반짝이는 수련도 아름답고 예술의 전당에서 보았던 작품도 아름다워서 사람들이 좋아하는 등수를 매길 수가 없다. 둘 다 모두 내게 행복한 감동을 주는 선물이기에 그 자체로도 감사하다.

눈을 하늘에 고정하고 하늘과 구름을 바라보며 사진도 찍었다. 그러다 저 멀리에 노랗게 빛나는 꽃이 눈에 들어왔다. 얼른 보고 나가야겠다는 생각을 하며 노란 꽃 방향으로 걸음을 옮겼다. 가까이 가보니 수세미 터널이었다. 비닐하우스처럼 생긴 기둥에 수세미와 잎과 줄기가 천장에 대롱대롱 매달려 있었다. 터널은 참 시원했다. 내리쬐는 햇빛도 막아주고 때마침 바람이 스쳐 지나가면서 상쾌함을 선물해주었다. 초록빛이 그렇게 시원한 것이라는 걸 처음 알았다. 터널을 걸으니 시원한 냉장고 속을 거닐고 있는 기분이었다. 밖으로 나와서 꼭대기를 보니 노란 꽃이 바로 수세미 꽃이다. 노란색은 정이 가고 친근함이 느껴졌다. 언니나 이모처럼 다가와서 수박이라도 한 쪽 내어줄 것처럼 보였다. 색의 채도가 높지 않으면서 묵묵히 여름 태양을 견디며 참선하듯이 앉아 있다.

　공원에서 나오는 외진 벽 쪽으로는 연꽃 그림이 전시되었
다. 어떤 그림일까? 궁금하여 보려는데 샌들이 진흙 바닥에
푹 빠졌다. 비 온 후라 그런지 너무 구석이라서 그런지 그림
감상하는 데 어려움을 느꼈다. 아름다운 그림들은 공원 한
가운데에 사람들이 많이 볼 수 있는 장소에 전시했으면 하
는 아쉬움이 있었다. 연꽃 하나의 주제로도 이렇게 다양한
표현을 할 수 있다는 것이 흥미로웠다.

　공원에서 나와 카페와 함께 있는 상점으로 갔다. 연으로
만든 여러 가지 상품이 진열되어 있었다. 여러 가지로 좋은
효능이 있는 것 같아 신중하게 들여다보았다. 연잎 차, 가
루, 면, 육수, 과자, 김치류, 아이스크림 등 많은 제품이 있
었다. 사고 싶은 제품이 있었는데 더운 날씨에 상할까 봐 말
린 연잎 차와 아이스크림을 골랐다. 달지 않을까 걱정했는
데 아이스크림은 다행히 달지 않고 담백하면서 시원한 맛이
었다. 여기에 식당이 있어서 연으로 만든 음식을 팔면 좋을

것 같은데 없으니 하는 수 없이 아이스크림으로 배를 채웠다. 연꽃에 마음을 빼앗겼지만 사실 더위를 느꼈기에 한 입도 안 남기고 먹었다. 아까부터 나를 보던 손님 두 분도 그 아이스크림을 주문했다.

카페 맞은편에는 연꽃 사진전도 하고 있어서 에어컨 바람을 맞으며 시원하게 감상했다. 온종일 연꽃에 매료된 날이다. 연꽃, 수련, 그림 전시회, 아이스크림, 사진전 정말 완벽한 전 코스 여름 연 정식이다!

이제는 가야 할 시간이다. 엉덩이가 뜨거울 만큼 차는 데워져 있었고 한참 동안 에어컨을 틀어야 했다. 이렇게 뜨거운 날에 한 아름다운 연꽃 여행은 참 즐거웠다.

내년 여름에는 더 아름다운 연꽃과 연잎밥을 함께 기대해 본다.

〈여름 이야기, 20f, mixed media, 2018년〉

8
수
심
2
M

아침부터 폭염주의보 발효 중 낮의 야외 활동 자제 등의 안전 안내 문자가 오고 있다. 며칠 전 숲속 산책 갔다 모기들에게 물리고 호숫가도 그늘이 없으니 수영을 하기로 했다.

중년의 몸 관리에는 꾸준한 운동이 필요하다고 하니 이 더위에 갈 곳은 실내 수영장이다. 실외는 날을 정하고 음식을 잔뜩 준비해서 놀며 지내다가 와야 할 것 같다. 그러나 실내 수영장은 열심히 운동한다는 마음으로 가야 한다. 우리 동네 수영장은 수영장 물보다도 더 시원한 장소가 있다. 바로 들어가는 입구의 휴게실 공간이다. 정해진 시간이 되어야만 수영장으로 입장할 수 있다. 사람들이 중간의 휴게실 의자에 앉아서 입장 시간을, 사람을, 머리카락이 마르기를 기다린다. 수영장에서 제일 좋아하는 장소이다. 아무 생각 없이 그냥 앉아 있어도 눈치 보지 않는 시원한 장소를 찾기는 어려운 일이다.

휴게실로 들어선 순간 정말 시원한 에어컨 바람이 맞아준다. 습한 더위에 헉헉거리며 걷다가 문을 열고 들어서면 마치 다른 세계로 들어온 듯이 시원함을 느낀다. 입장하려면 아직도 10분이 남아 있다. 찬바람을 쐬며 사람들을 바라본다. 어쩔 수 없이 그들의 대화도 듣게 된다. 누구는 언제 수영 강습을 빠졌는데 계속 안 보인다고 걱정을 하고 자기는 얘기하는 걸 싫어한다고 하면서도 10분 동안 집안 이야기를 한다. 목소리가 크지 않다면 들을 만하다. 성격이 급한 사람들은 벌써 입장 줄을 길게 서서 기다린다. 짧은 시간 동안 사람마다 기다리는 풍경은 모두 다르다.

드디어 입장 시간! 사람들이 들어가고 나면 그때서야 돈을 내고 입장표를 받고 바코드를 찍고 들어간다. 샤워하고 젖은 수영복을 잡아당기면서 입는다. 일부러 천천히 입는다. 수영 입수 전 체조를 하기 때문이다. 5분 정도의 체조 시간이 끝나면 각자의 레인으로 간다. 초급, 중급, 상급, 강습할 줄, 자유 수영 줄이라고 푯말이 쓰여 있다. 어제는 중급에서 했는데 사람이 많아서 정체되는 일이 잦았다. 그래서 오늘은 상급으로 갔다.

'수심 2M' 수영장 가운데 위쪽으로 큰 글씨를 써넣은 줄이 쳐 있다. 상급은 2M를 넘는 물의 깊이이니 주의하라는 것이다. 물론 수영장 바닥이 발에 닿지 않는다. 맞은편에 한 번에 가지 못하면 옆의 코스로프를 잡으면 된다. 한 번 두 번 왕복을 하고는 숨을 고른다. 다시 수심 2M의 표시가 자꾸 눈에 보인다.

사람의 일에도 그 위험성과 조심해야 할 일을, 해를 끼치는 나쁜 사람을 미리 알려준다면 좋겠다.

그 집과 계약하지 마세요! 장마에는 천장에 물이 샙니다, 그 중고차는 사지 마세요! 사고가 심하게 난 차예요! 지금 기차를 타지 마세요. 한 시간 후에 충돌할 거예요! 이 길로 가지 마세요! 5분 후에 크레인이 차를 덮칠 거예요! 역으로 나가지 마세요! 살인자가 활보하고 있어요! 지하도는 곧 물에 잠길 테니 들어가지 마세요. 이 사람에게 돈 빌려주지 마세요! 사기꾼입니다. 등등. 위험한 순간 경고를 하면 더 조심하고 대비할 수 있을 텐데….

뉴스에서 접하는 온갖 안 좋은 사건 사고들을 보면 더욱 안타까운 생각이 든다.

수심 2M라는 위험성을 미리 알려주고 주의하고 조심해야 할 일들이 너무 많다. 조심해야 할 만 가지의 변수들을 생각하면 아무 일도 할 수가 없다. 농약이 걱정되어 밥을 먹을 수 없고 차 사고가 날까 봐 운전도 할 수 없고 사기당할까 봐 집 계약도 할 수 없다. 아파트가 무너질까 봐 집에서 자는 일도 불안하다. 불안하게 생각하다 보면 어두운 터널만이 보인다.

다른 생각을 하다 물을 먹어서 코스로프를 잡고 중간에 멈춘다. 다시 수영을 시작한다.

여러모로 이번 여름은 더 조심해야겠다. 인생을 살다가 쓴 물을 삼키게 되면 잠시 숨을 고르고 가자. 천천히….

'오늘도 무사히'라는 말이 오늘따라 와 닿는다.

9

알
로
나

비
치
의

수
채
화

　"이치 이치." 하며 어린 여자아이가 엄마 품에 안긴다. 엄마는 가렵다는 아이의 머리를 손가락으로 정성스럽게 살살 긁어준다.

　우리는 호텔에서 체크아웃을 하고 바닷가에서 시간을 보내기로 했다. 한국으로 가는 비행기는 밤에 출발하기 때문에 무거운 가방을 끌고 돌아다닐 엄두가 나지 않았다.

　여기는 33도의 기온에 습하고 따가운 햇볕이 내리쬐는 필리핀 보홀섬 바닷가이기 때문이다. 짐은 호텔에 맡기고 시간을 보내러 알로나 비치로 어슬렁거리며 나왔다.

　오래 앉아 있어도 괜찮을 듯한 넓은 레스토랑 겸 카페 파라솔 밑에 자리를 잡았다. 여기저기 보홀섬 다른 장소를 둘러볼 시간은 많았지만, 여행의 목적은 아무것도 안 하기였다. 그냥 밥 먹고 수영하기가 전부다. 하루의 투어 일정만 빼고는 다른 투어를 잡지 않았다. 덥고 습한 날씨도 한몫했다.
　우리의 파라솔은 그늘이 지고 나무 의자도 편안했다. 필리핀 맥주와 파인애플 주스를 주문하고 바닷가 풍경을 안주 삼아 맥주를 마셨다. 한낮의 맥주라니! 특히나 유럽 여행을 갔더라면 꿈도 못 꿀 일이다. 거리에 화장실도 별로 없거니와 있어도 유료이고 화장실을 가기 위해 카페에서 커피를 사 마시는 일도 있었다. 그러니 여행 다니면서 맥주를 마신다는 일은 호사가 아닐 수 없다. 한국보다 싼값의 맥주를 편안하게 마실 수 있으니 더욱 기분이 좋았다. 편하게 화장실을 사용하는 일이 여행에서 이렇게 중요한 부분을 차지하고 있다니…. 젊을 때는 몰랐던 신체의 노화가 영향을 끼친 것이니 맞추어 갈 수밖에 없다.

　잠시 후 미국인인 듯한 가족이 앞 파라솔에 들어와 자리를 잡고 음식을 주문한다. 아빠, 딸, 아들. 그들은 메뉴도 한참을 상의해서 고른다. 한참 후 엄마와 막내딸이 등장했다. 머리가 가렵다며 이치 하는 막내딸! 엄마는 정성껏 머리를 긁어준다. 돈을 내고 하는 머리 땋기를 받은 것 같은데 정말 귀여운 아이였다. 애교와 짜증이 계속 교차하고 아빠와 엄마는 막내딸을 돌보기도 바쁜데 이번에는 아들이 울어댄다. 다행히 큰딸은 울지 않는다. 맞이인 딸은 그냥 참고 견디는 일이 많다.

　바다가 바라보이는 곳에 헤나 반영구 문신하는 곳이 있다. 앞의 가족은 아빠는 이미 몸 여기저기에 문신이 있었고 아이들에게도 해보라고 권하는 듯하다. 처음에는 아들이 다리에 문장 같은 것을 하고 다음은 큰딸이 목덜미에 꽃 모양을 했다. 아이들은 문신하는 동안에는 얌전히 있었다. 막내딸도 당연히 자기도 해달라고 징징대었지만, 부모는 이미 머리 땋기를 한 아이에게는 해주지 않았다. 아마도 한 가지씩만 해주기로 약속했었을까?

　호텔에서는 헤나 문신을 금지하고 있다. 검은 헤나 염료가 이불에 묻어나기 때문인가 보다. 우리는 이미 체크아웃을 했으니 한번 해볼까? 하는 생각이 들었다. 딸과 함께할테니 조금 깎아달라고 해서 함께 받았다. 좁은 통로로 지나는 사람들이 많았기에 한 사람씩 가서 받았다. 딸은 곰 모양을 하고 나는 다리에 나비를 새겼다. 2주 정도 지나면 사라진다고 한다. 마음 아픈 일이 생겼을 때 반영구 문신처럼 2주만 앓다가 고통이 사라지는 헤나 약이 나왔으면 좋겠다.

　처음으로 헤나 문신을 받았다. 길고 뾰족한 도구로 그림을 그리면 신체에 검은 염료가 2주 동안 머물다 사라지는 것이다. 살살거리며 간지러운 이런 느낌이 뭐랄까? 벌레가 기어간다고 해야 하나? 얹어놓는다고 해야 하나? 아마도 직접받아본 사람이나 알 것이다. 30분 정도는 다른 곳에 묻지 않도록 조심하라고 한다.

우리는 필리핀의 해변 야자수 밑에 앉아서 함께 문신하는 추억의 노트를 만들었다.

구경하면서 재미있는 풍경을 발견했다. 사람마다 원하는 위치와 모양이 다 달랐다. 소심해 보이는 젊은 여자는 의외로 호랑이 같은 맹수의 모양을 원하기도 하고 덩치가 큰 남자는 다리에 장미꽃을 새기기도 한다. 모양은 정말로 여러 가지다. 바다, 산, 나무, 해와 달, 별, 꽃, 동물, 숫자, 문양, 연인의 이름까지 아주 다양하다.

내 눈에는 한 폭의 수채화 그림으로 보였다. 종이 대신 인체에 그들이 원하는 수채화를 그려주고 돈을 벌 수 있다. 만약에 내가 보홀섬에서 태어났다면 '아마도 이 알로나 비치에서 문신을 그리며 살지 않았을까?' 하는 생각이 든다. 아니면 파인애플 주스를 팔고 있을까?

연인들의 팔에 새겨진 서로의 이름이 얼마나 오래 갈 수 있을까?

우리가 한 후에도 계속 손님들이 찾아왔다. 즐거워하는 사람들의 표정을 보니 나도 기분이 좋아졌다. 오징어 튀김과 맥주 한 병을 더 시켰다. 한국으로 돌아가면 역 앞이나 공원에서 헤나를 할까? 하는 생각이 들었다. 그럼 얼마를 받아야 하지? 생각들이 꼬리를 물고 이어진다.

　한낮의 태양이 점점 기울어져 간다. 우리는 자리에서 일어나 떠날 준비를 한다.
　알로나 비치의 수채화를 뒤로하고 작은 추억의 조각들을 실어 함께 떠난다.
　안녕! 알로나 비치!

10

김
밥
꽃

아무런 약속이 없는 느긋한 일요일 아침! 눈곱을 떼고 고양이 세수를 한다. 냉장고를 열어보니 마땅히 먹을 게 없다. 오늘의 메뉴를 생각한다. 모닝커피를 마시면서 궁리를 해보았다. 김밥 생각이 나는데 자주 가는 가게의 김밥이 많이 짜졌다. 여름이라 간이 세진 건가? 싱겁게 먹기 때문에 전에보다는 사 먹는 횟수가 줄었다.

습한 날씨에 시장으로 걸어가는 것도 번거롭고 냉장고에서 먹다 남은 재료를 사용해서 김밥을 싸기로 했다. 김밥은 먹기에는 쉽고 간편한 음식이지만 막상 만들기에는 손이 많이 간다. 안에 들어가는 재료의 간을 조절하는 일과 각 재료의 조리 과정이 다르기 때문이다.

일단 냉장고에서 사용할 수 있는 재료를 꺼내본다. 달걀, 김치, 부추, 당근, 스팸 햄. 이렇게 넣기로 했다. 첫째는 김밥용 김이 있나 확인해야 한다. 속 재료 준비를 다 했는데 정작 가장 중요한 김이 없어서 밥과 재료들을 그냥 먹은 적이 있었다. 포슬포슬한 달걀은 꼭 넣어야 한다. 냉장고에 넉넉하게 있어서 다행이다. 먼저 압력밥솥에 씻은 쌀에 간을 살짝 해 넣고 취사 버튼을 누른다. 소금, 설탕, 참기름을 넣었는데도 나중에 먹어보면 아무것도 안 넣은 듯한 심심한 맛이 난다. 사 먹는 짠맛 나는 김밥은 소금을 정말 많이 넣는 것이다. 집에서 김밥을 싸본 사람만이 알 수 있는 비밀이다.

'탁탁' 달걀 여섯 개를 깨어서 잘 풀어놓는다. 소금과 설탕으로 간을 하면서 '맛있어져라.' 하고 주문을 외운다. 음식은 엄마의 정성이 아니던가! 사각 프라이팬에 식용유를 살짝 두르고 가스 불을 켜고 온도가 오를 때까지 기다린다. 휘저어놓은 달걀을 풀고 불을 약하게 하고 또 기다린다. 익어가는 노란 색깔을 보고 있으면 마음이 편안해짐을 느낀다. 달걀은 기다림의 미학이 있어야 적당한 색깔의 부침을 만들어낼 수 있다. 도톰하고 노릇하게 구워지면 도마에 올려놓고 두께를 맞추면서 자른다.

이제는 김치 순서다! 신 배추김치를 씻고 짜서 길게 자르고 설탕, 참기름을 넣어서 팬에 볶아 수분기를 날린다. 김치는 책을 보지 않고 창조해낸 것이다. 볶아서 넣으면 특유의 김치 냄새가 많이 나지 않는다. 이미 책에 나와 있는 것을 모르는 건지도 모를 일이다. 그러나 집마다 신김치의 맛이 다르니 창조라고 부르고 싶다. 모방과 창조에 대해서 생각해본다. 김밥을 싸는 작은 일도 창조 예술의 행위라고 생각한다. 더군다나 예술 작품을 먹을 수 있으니 얼마나 즐거운 일인가!

부추는 며칠 전 부추전을 하고 남은 것을 이용했다. 몸에도 좋은 부추는 다른 재료보다 간단하다. 씻어서 끓는 소금

물에 살짝 데쳐주기만 하면 된다. 데치고 찬물에 씻어주면 시원한 초록빛의 세상이 펼쳐진다. 그 부추의 선명한 색을 보면 기분이 좋아진다.

당근도 두껍게 채를 썰어서 부추처럼 데쳐주면 된다. 기름에 볶기도 했지만 데치는 게 더 담백하다. 기름의 느끼한 맛이 덜 들어가서 그런 것일까?

스팸 햄은 최후의 보루다. 캔에 들어 있는 음식은 좋아하지 않지만, 비상용으로 가끔 사 놓는다. 긴 김밥햄이 없으니 짧은 햄들을 이어 붙일 수밖에 없다. 이어 붙이기를 신중하게 진행한다.

김밥을 말기 위한 준비는 이제 끝났다. 도마를 깔고 김밥말이를 놓고 다음은 김을 깐다. 위생 장갑을 끼고 적당한 밥과 적당한 크기의 속 재료를 얹고서 적당한 힘으로 돌돌 말아준다. 무엇이든 적당하게 하는 일이 가장 어려운 일인 것 같다. 힘을 너무 주면 김밥이 터져버리고 약하게 밀면 김밥이 풀리고 만다.

우리가 만나는 사람들과의 관계 속에서도 마찬가지다. 터져버리거나 풀어져버리지 않게 조율하는 일이 정말 어려운 일이다. 너무 가까이 다가가면 부담스러워서 멀어지고, 멀어졌다 싶은데 둘러보지 않으면 오해가 생기는 일도 있다. 사람들 사이에 적당하게 힘을 주는 일은 점점 힘들게 느껴진다.

여섯 줄을 싸려고 했는데 어느새 여덟 줄이 되었다. 예쁘게 자르려고 노력했지만 김밥 가게처럼 고르게 모양이 나오지 않는다. 그렇다고 김밥 크기가 자로 잰 듯이 똑같다면 인간미가 떨어지는 것 같다. 가끔은 터진 것도 있어야 더 여유롭게 느껴진다. 어느새 변명의 단어를 김밥 속에 한 줄 넣고 있다.

당장 먹을 건 동그란 하얀 접시에 담고 나머지는 투명 보관 용기에 담는다. 푸짐하게 담긴 동그란 김밥들을 보니 꽃처럼 아름답게 보였다. 흰색의 밥, 노란 달걀, 빨간 김치, 생생한 초록 옷을 입은 부추, 붉은 포도주색의 햄, 검은 김의 색들이 서로 어우러져서 보기 좋다. 김밥은 서로가 싸우지 않고 동글동글 모여서 화합을 이루는 평화의 음식이라 해도 좋을 듯하다. 입맛이 까다로운 사람에게도 좋을 무난한 음식이다. 어떤 국을 끓여도 웬만하면 어울리는 친화력이 좋은 음식이기도 하다.

낮에는 김밥을 콩나물국과 먹고 저녁은 라면과 함께 먹었다. 내가 만든 김치 김밥은 무엇과 먹든 맛있지만, 라면과 먹는 것이 더 어우러졌다.

일요일 하루는 김치 김밥과 함께 이렇게 소소하게 흘러갔다. 예술 작품인 김밥 꽃을 즐겁게 감상해본다.

〈별 이야기, 30f, mixed media, 2018년〉

제3장

가을의 향기를 맡으며
천천히 걸어본다

1

부추전과 김치전

　창밖 풍경으로 먹구름들이 떠 있다. 하늘빛은 외롭고 쓸쓸한 까마귀 떼들이 모여 있는 듯이 보인다. 이렇게 흐린 날은 지하 3층으로 가라앉는 기분이 들지만 어쩔 수 없지. 날씨는 선택할 수가 없다.

　커피가 맛있는 카페에서 산 원두를 분쇄기에 넣고 간다. 두 숟가락 세 숟가락? 얼마나 넣을까? 오늘은 세 숟가락이다. 커피잔은 흰색으로 큰 컵으로 하자. 어떻게든 선택을 해야 한다. 작은 선택의 순간도 어렵게 느껴질 때가 있다. 연

한 커피를 마시면서 보는 흐린 보랏빛 하늘은 더없이 고요
하기만 하다.

점심 메뉴를 생각해본다. 이렇게 비가 금방이라도 내릴
것 같은 날씨에는 부침개가 떠오른다. 냉장고 야채칸을 뒤
져본다. 찾는 부침개 재료가 없다. 시장에 사러 갈까? 말까?
그건 얼마나 원하는가 하는 무게에 있겠지. 얼마나 부추전
이 먹고 싶은가? 그냥 김치전으로 바꿔야 하나? 아니면 채
소만 썰어 넣은 전을 해야 하나? 10분 정도 생각을 해본다.
둘 다 먹기로 했다.

바지를 입고 모자를 눌러 쓰고 현관문을 나선다. 10분 거
리의 동네 시장으로 흘러 들어간다. 시장의 파도 소리가 서
서히 발에 잠기는 듯하다. 상인들의 목이 터져라 부르는 소
리, 소음들, 말소리들은 합창이 되어 귀에서는 커다란 파도
소리를 만들어낸다.

부추, 상추, 오이, 양배추 등 여러 채소를 산다. 할머니께
서는 덤으로 상추 몇 개를 더 주신다. 시장의 인정이 봉지에
함께 들어간다. 돼지고기 다진 것도 잊지 않고 산다. 검정

비닐봉지가 그네처럼 춤을 춘다. 길가의 꽃 가게에서 가을 꽃들을 구경하고 지나가는 착한 강아지의 눈빛과도 인사한다. 강아지들은 외출할 때는 목줄을 해야만 한다. 그러나 얼마 전까지만 해도 강아지들은 자유롭게 돌아다녔는데 목이 참 답답할 것이다.

강아지를 좋아하지만, 끝까지 책임질 자신이 없어 키우지 못하고 있다. 아기처럼 사랑해주고 병원도 데려가고 씻기고 먹이고 하는 일이 힘에 부칠 것 같다. 어디엔가 나를 닮은 강아지가 있을지도 모른다.

어떤 때는 내 정신도 깜박하는 일이 많다. 생각해보면 끝까지 책임진다는 것은 정말 중요한 일인 것 같은데 많은 사람이 쉽게 생각하는 모습을 보면 안타깝다.

한 시간 정도 장을 보고 돌아와서 부추를 씻는다. 먹을 만큼 씻는 것도 일이다. 얼마만큼 먹을 수 있을까? 씻고, 자르고, 양파 채도 썰어 놓는다. 또 신김치를 잘게 썰고 다진 돼지고기도 함께 섞는다. 다음에는 부침가루와 튀김가루를 꺼낸다. 유효기간 날짜가 잘 안 보인다. 거실에 누워 있는 돈

보기를 들고 보니 다행이다. 아직은 남아 있다. 가루와 물의 양도 중요하다. 요리할 때는 중요하지 않은 것이 없다. 요리는 과학과 예술이 접목된 과목이라고 생각한다.

적당한 반죽의 농도로 완성되어야 한다. 주르륵 흘려보기도 하고 숟가락으로 체크해보기도 하고 위에서 떨어뜨려보기도 한다. 부추전을 먼저 부치기로 한다. 이제 커다란 팬에 넉넉히 식용유를 두른다. 튀기는 듯한 기분으로 해야 맛있다. 팬의 온도가 뜨거워질 때까지 기다렸다 반죽한 것을 한 국자 떠 넣는다. 최대한 얇게 펴 발라야 한다. 정신을 집중해서 반죽을 뒤집어야 할 때를 기다리는 일이 중요하다. 이 순간보다 더 집중하는 시간이 있을까? 부추가 익어가는 옅은 초록색을 보면 기분이 좋아진다. 그 색을 만들어서 먹을 수도 있으니 얼마나 행복한 일인가! 요리의 세계는 정말 즐거운 작업이다. 너무 빨리 뒤집으면 전이 뭉그러져버린다. 커다란 뒤집개로 한 번에 뒤집어야 한다. '탁.' 마침내 잘 뒤집었다. 몇 장을 더 부쳐야 저녁 반찬으로 먹을 수 있다.

다음은 김치전 순서다. 팬을 종이 행주로 한 번 닦아내고 김치전 반죽 한 국자를 팬에 올린다. 돼지고기 기름의 고소한 냄새가 신김치와 어우러져 집 안에 기름 향이 배고 있다. 고기가 익어야 하므로 시간이 더 걸린다. 김치가 익어가는 빨간색을 보고 있으면 정겹고 친근하게 느껴진다. 익어가는 색을 감상하는 일도 즐거운 산책처럼 힐링의 시간이다.

하얀 접시에 담긴 초록색의 부추전과 빨간색의 김치전 색이 고와서 사진도 찍는다. 이제는 맛을 볼 시간이다. 바삭한 부추전의 향기와 고소함, 시원한 맛의 김치전을 맛보니 오늘의 고생이 헛되지 않았다. 김치냉장고에 사 놓았던 막걸리도 함께 맛본다. 부추전과 김치전은 친구처럼 연인처럼 잘 어울리는 음식이다. 이런 우중충한 날씨에 막걸리와 부침개는 또한 천생연분이 아닐까? 빗소리까지 더해지면 너무 행복한 시간이 오겠지….

음식을 창조하는 일은 참 즐겁다.

2
광화문의 가을

　가을 오후에 올려보는 광화문 광장 세종대왕의 동상이 더 편안하게 보인다. 많은 사람이 세종대왕을 둘러싸고 사진을 찍는다. 얼마나 행복한 왕이신가! 돌아가셔서도 이렇게 많은 사람에게 사랑을 받고 계시니 말이다.

　딸과 나는 세종문화회관 대극장에서 공연하는 〈해리포터와 불의 잔〉이란 영화를 관람하기 위해 광화문에 도착했다. 7시에 관람 시작이라 저녁을 미리 먹기로 했다.

광화문 광장 근처의 멕시코 식당으로 발길을 옮겨서 타코를 주문했다. 지하의 식당으로 내려가는데 특유의 향신료 냄새가 짙게 풍겨왔다. 향신료의 냄새는 식욕을 돋우는 역할이 있는 것 같다. 나에게는 생소한 음식이지만 '그릴 파히타'라는 음식을 맛있게 먹었다. 등심 스테이크, 칠리새우, 양파 등이 구워져 나오는 팬의 재료를 토르티야에 취향껏 싸 먹는 것이다. 소스는 무한 보충이 되었다. 음료는 독일 생맥주를 주문했는데 정말 독일에서 마시던 파울라너와 같은 맛이라 반가웠다. 독일 여행을 하지 않았다면 몰랐을 맛이었다. 시원한 맥주와 멕시코 타코를 먹으니 톡 쏘는 소스가 어우러져 이국적인 맛을 느낄 수 있었다.

　맞은편 테이블에는 엄마와 어린 딸이 주스와 타코를 먹고 있었고 그 엄마에게 "몇 년만 기다리면 우리처럼 맥주잔을 부딪칠 수 있어요. 그대로 딸과 사이좋게 지내세요!" 하고 말하고 싶었다. 주위에 보면 엄마와 딸이 사이가 안 좋아서 함께 여행하거나 외식도 못 하는 집도 있는데 나는 얼마나 다행인가!

멕시코 식당에서 나와서 다시 광화문 광장으로 향했다. 가는 길에 둥근 바퀴처럼 생긴 조형물이 보이는데 "저건 한글의 히읗 모양을 표현한 것 같은데…." 하고 딸에게 말했더니 깜짝 놀란다. 딸은 조형물이 기차 바퀴처럼 보였단다. 바퀴가 아니고 한글의 히읗 모양을 한 것이라는 안내판을 보고 나서이다.

광화문 광장에서는 반갑게도 책 마당 축제가 열리고 있었다. 서울시는 몇 년 전에 차선을 확 줄여서 그 공간에 멋진 공원을 조성해놓았다. 나무와 분수, 벤치, 작은 조명 들이 보이고, 젊은이들이 노래도 하고 있다. 옆에는 가족들끼리 작은 조명이 있는 테이블에 둘러앉아서 책을 읽고 있었다. 텐트 안에서 눈을 붙이는 피곤한 아빠의 얼굴, 담요를 뒤집어쓴 아이들의 신난 표정, 테이블에 책을 놓고 명상에 빠진 여인의 편안한 얼굴, 함께 대화를 이어나가는 사람들의 시간 속으로 녹아드는 듯하였다.

경기도에서 오래 전철을 타고 온 나는 잠깐 이 동네 사람들이 부러웠다. 슬리퍼를 신고 걸어 나와서 세종문화회관에서 공연도 보고 갤러리에서 전시회도 보고 분수대 아래서 커피도 마실 수 있다. 이런 축제에서 책도 읽을 수도 있는 문화적인 풍요가 부러웠다. 공연히 아치 분수대 아래를 왔다 갔다 하면서 신발을 적셔본다.

아마 운전을 하는 분들은 차도가 좁아져서 예전의 길이 더 좋다고 할 수도 있지만, 나무와 벤치가 있는 지금의 광화문 광장이 더 좋다. 광장에 온 사람들이 가을의 향기를 제대로 만끽하고 있다고 느꼈기 때문이다.

이제는 저녁 공연이 시작되려고 한다. 우리의 좌석은 1층 뒤쪽이다. 앞 무대 위에서 관현악을 연주하고 대형 스크린에서 〈해리포터와 불의 잔〉 영화가 상영된다. 여태껏 몇 번의 공연을 보았지만, 관현악단과 영화가 접목된 공연은 처음 접해본다. 그러고 보니 오늘은 처음 접해보는 것이 많다. 제대로 나오는 타코 요리와 새로 꾸며진 광화문 광장, 두 가지가 함께 하는 영화와 공연 관람이다. 젊은 딸을 쫓아다니면서 새로운 문화를 다양하게 접하니 얼마나 행복한 사람인가!

공연 중간에 20분 정도의 쉬는 시간이 되어 밖에 나가서 밤하늘과 커다란 달 모형을 보고 사진도 찍었다. 집에 있는 해리포터 지팡이를 가져왔으면 더 좋았을 것 같다. 어떤 사람들은 해리포터 마법사 의상을 갖춰 입고 와서 인스타그램에 올릴 사진을 찍느라 여념이 없다.

영국의 한 여성 작가의 문학작품이 이렇게 전 세계를 흔들어놓는 걸 그녀는 예상이나 했을까? 그저 조앤 롤링 작가가 부러울 뿐이다. 그녀의 열정과 상상력과 노력을 닮고 싶다. '오케스트라만 연주했다면 이렇게 많은 젊은이가 비싼 돈을 내면서 왔을까?' 한다.

공연이 끝나고 물결처럼 쏟아져 내리는 사람들 사이를 나오면서 다시 해리포터의 힘을 실감했다. 오늘의 공연을 본 사람들은 환상 속에서 한동안 깨어나지 못할 것이다.

우리는 돌아오는 차 안에서 해리포터 지팡이와 모자를 안 갖고 온 것을 얘기하고 웅장한 음악과 영화가 정말 좋았다며 즐거워했다.

아마도 며칠 후면 생소한 멕시코 소스가 올라와 옆 사람에게 냄새가 나지 않게 하려고 숨 참은 것을 기억하겠지만 오늘은 제대로 가을 연가 속으로 녹아든 날이었다.

며칠 후 몇 년 후에 딸은 오늘의 어떤 사진을 추억할까? 엄마와 행복하고 즐거운 광화문의 가을로 기억했으면 좋겠다.

〈비가오는 날에는..., 10f, mixed media, 2022년〉

3

나
의
배
터
리

평범하고 조용한 가을 아침이다. 창가로는 9월을 지나가는 선선한 바람이 분다. '친구가 말했던 울릉도 여행을 가볼까?' 하며 노트북으로 울릉도 여행지를 검색해본다. 여행사, 숙소, 식당, 교통편 등을 클릭하는데 갑자기 화면이 정지되어 움직이지 않는다. 노트북 충전이 안 된 건가 확인해보았으나 95%가 충전돼 있다.

'뭐가 문제지?' 하면서 마우스를 껐다 켰다 해보았다. 마우스를 뒤집어서 뚜껑을 여니 검은 건전지가 보인다. 그 건전지를 본 순간 왠지 울컥한다. 죽어 있는 건전지의 사체를 마주하고 있는 것처럼 급작스러운 슬픔이 몰려온 것이다. 그러나 슬픔이 무색하게도 죽은 건전지를 새것으로 갈아 끼우면 마우스는 살아난다. 슬픔을 잠시 옆 의자에 앉히고 서랍에서 새 건전지를 찾아서 갈아 끼웠다.

나의 건전지는 어디에 있을까?

멈추어버린 화면처럼 힘들고 외롭다고 느낄 때 힘을 받을 수 있는 나의 배터리는 어디에 가면 찾을 수 있을까?

가수 홍진영의 〈사랑의 배터리〉라는 노래가 있다. '당신은 나의 배터리'라는 가사가 생각난다.

사람들은 저마다 자기만의 배터리를 찾아 헤맨다. 부모는 어린 자식이 밥을 맛있게 먹는 모습을 보거나 미소만 지어도 행복하다. 마치 온 세상을 얻은 듯이 기쁨이 충만하다. 사업가라면 큰돈이 계좌로 입금되면 삶의 보람을 맛볼 것이다.

학자는 자기 분야에서 연구한 독보적인 결과물이 나왔을 때 기쁨을 느낄 것이다.

예술가는 작품이 예술가의 마음에도 감동을 주고 타인들이 알아준다면 더없이 행복하다. 농부는 잘 익어가는 곡식을 보며 보람을 느낄 것이고 여행가는 세계의 아름다운 나라를 다니면서 새로운 문물을 만나면 즐거울 것이다. 작가는 책도 잘 팔리고 이야기가 영화로도 만들어지고 각종 상품으로 만들어져 돈도 많이 벌게 되면 좋겠지. 하지만 그런 일은 쉽지 않다는 것을 잘 안다. 노인은 어떨까? 정성스럽게 키운 아이는 어느덧 자라서 어른이 되고 그만큼 시간의 바늘은 쏜 화살처럼 지나가버려 외로움으로 남는다.

주변의 친구들은 건강이 안 좋아져서 벌써 병원 순례를 다닌다. 정형외과, 치과, 안과, 한의원 등등. 먹는 약도 많다. 나도 요새는 오래 걸으면 다리에 혈액순환이 안 되는지 자다가 자꾸 쥐가 난다. 예전에는 수영장에서도 50m 거리를 왕복 네 번은 쉬지 않고 했었는데 지금은 자주 쉬었다가 한다. 심폐기능이 현저하게 떨어진 것이다. 그리고 보면 노인에게는 돈도 명예도 다 필요 없다는 생각이 든다. 노인의 건전지는 건강인 것이다. 건강을 잃으면 가보고 싶은 울릉도 여행도 갈 수 없고 한없이 우울해질 것 같다.

나만의 건전지를 더 열심히 찾아야겠다는 생각을 해본다.

좋아하는 미술관과 박물관에서 공부도 하고 숲에도 가서 맑은 공기를 가슴에 듬뿍 담아와야겠다. 새로 나온 영화도 보고 영화관에서 맛보는 팝콘을 좋아하는데 새로 출시된 것을 맛보는 것도 즐거운 일이다. 서점에서 인기 상품을 만나는 일도 재미있다. 서점에 가면 책장에 꽂혀 있지 않고 누워 있는 책들을 보며 부러워한다.

얼마 전 지인의 남편 부고를 전해 들었다. 안타깝게도 시골길에서 교통사고로 그 자리에서 즉사한 것이라고 한다. 지금은 100세 시대라고 하는데 중년의 나이에 가족에게 작별의 인사도 없이 허망한 일을 당한 것이다. 건강을 위해서 몇 십 년 동안 피우던 담배도 끊었다고 하던데 가족들의 심정은 얼마나 고통스러웠을까! 돌아가신 분의 건전지가 그때 소진된 것을 미리 알았다면 좋아한다던 담배도 실컷 피우다 가셨을 텐데….

죽음은 정말 앞에 와 있고 언제 어디서나 덮칠 것 같다. 그러나 사는 동안에 그런 공포심을 항상 느끼고만 있을 수는 없는 일이다. 나의 배터리가 소진되는 날까지 천상병 시인의 시처럼 소풍 끝나는 날까지 즐겁게 놀다가 가고 싶다.

　그 날짜가 언제일까?

　일부러 알고 싶은 건 아니지만 오늘처럼 건전지가 죽는 날에는 궁금해진다. 노트북 하단 오른쪽의 눈금처럼 몇 퍼센트가 남아 있는지 알 수 없다.

　소풍이 언제 끝나는지 모르지만, 나의 배터리가 다할 때까지 열심히 사랑하며 살아야겠다.

때수건, 샴푸, 린스, 샤워용품, 간단한 화장품, 물병을 목
욕 바구니에 주섬주섬 챙긴다. 뜨겁게 달구던 여름이 지나 9
월이 오고 어깨의 바람이 스산해지면 가끔 온천을 찾는다.
날씨가 흐려서 더 좋았다. 가을 하늘에는 낮은 회색 구름들
이 모여서 소풍을 나온 듯하다. 비가 온다고 했는데 잔뜩 어
둑해진 구름과 하늘만 외출을 나와 있다.

　온천의 입구를 지나 사물함 열쇠를 받고 체중계 앞에 선

다. 바구니를 옆에 내려놓고 조금이라도 적은 숫자가 나올까 하여 열쇠도 빼서 몸무게를 잰다. 체중계의 숫자는 우울하게 만들었다. 그러나 체중계는 참 정직하다. 음식을 많이 먹으면 먹은 대로 늘고 몸이 안 좋아서 식욕이 없으면 조금 줄어들기도 한다. 평생 같은 몸무게로 건강관리를 하는 분들을 보면 참 존경스럽다.

얼른 따뜻한 온천물에 들어가서 다른 생각을 해보자고 스스로에 말해본다. 제일 좋아하는 노천탕으로 향했다. 이 온천은 야외에 탕이 있어 답답하지 않다. 전에 왔을 때는 비 내리는 소리를 들으며 앉아 있으니 기분이 정말 좋았다. 오늘도 비가 오려나 기다렸지만 비는 찾아오지 않았다.

노천탕 바깥의 풍경은 커다란 바위와 틈새에서 피어난 작은 꽃들이 예쁘게 피어 있다. 노란색 보라색의 아기자기한 모양에 가만히 미소를 지어본다. 단풍나무와 소나무, 잣나무 들이 어우러져 있고 작은 인공 폭포가 노래한다. 폭포의 노래는 쉬지도 않고 계속해서 이어진다. 단풍나무는 고개를 돌려 폭포의 매끈한 얼굴을 보며 즐거워 보인다.

손님들은 지그시 눈을 감고 온천을 즐긴다. 조용하게 쉬러 온 사람들의 휴식처다. 폭포의 노래도 좋지만 편안한 힐링을 주는 피아노의 음악도 들려주면 좋겠다는 생각을 해본다. 얼마나 지났을까? 온천탕 위로 갈색 나비 한 마리가 찾아왔다. 날개를 접었다가 폈다 하면서 소곤소곤 이야기를 들려준다. 가족이나 친구 이야기일까? 나비의 말을 그려본다. 흐린 하늘과 선선히 불어오는 가을바람과 갈색 나비라니! 근사한 흐린 가을날의 풍경 수채화가 그려졌다.

한참을 뜨거운 탕에 앉아 있으니 목이 마르다. 매점으로 가서 식혜를 주문했다. 살짝 띄워진 얼음과 밥 알갱이가 어우러진 식혜는 그야말로 꿀맛이다. 목으로 넘어가는 달콤한 시원함을 무엇과 비교할 수 있을까? 세상에 많은 음료수가 있는데 왜 하필 식혜는 이런 온천과 어울릴까? 내 입맛에만 그런 것일까?

식혜는 엿기름을 우린 웃물에 쌀밥을 말아 삭히면 밥알이 뜨는데 거기에 설탕을 넣고 끓여 차게 식혀 먹는 음료이다. 그야말로 몸에 좋은 음료이다.

몇 년 전 일본 오사카를 여행할 때 온천에 갔던 기억이 떠오른다. 야외 온천이었는데 노천탕에 1인용 탕이 있었다. 큰 항아리처럼 생겼고 한 사람밖에 들어갈 수 없는 크기였다. 마치 항아리에 담긴 흰 생선처럼 보이는 모양이었지만 목을 뒤로 젖히니까 하늘빛이 펼쳐지고 참 편안했다. 시설이 깨끗하기는 말할 것도 없고 일본 여자들의 깔끔함을 느꼈다. 야외 온천이라도 절대로 시끄럽게 떠들어대지 않는다. 자기가 지나간 자리는 강박적으로 보일 정도로 깨끗하게 정리했다. 처음에는 온천 청소하시는 분인 줄 알았는데 손님이었다. 머리카락을 줍는데 테이블은 물론이거니와 바닥까지도 훑었다. 슬금슬금 나도 바닥에 떨어진 머리카락을 줍기 시작했었다. 온천을 마치고 유명하다는 바나나 우유를 사 먹었다. 담백하고 설탕이 덜 들어간 깔끔한 맛이 생각난다.

지금은 입장료 만 원인 온천에서 식혜 한 잔을 마시며 마치 여왕이 된 기분이 되어 즐기고 있다. 1만 3천 원의 행복이다.

목욕하면서 계획이나 해야 할 일을 구상하는 버릇이 있

다. 며칠 후에 엄마 생신 때는 무슨 선물을 하고 식사는 어디에서 하고, 김치냉장고에 남아 있는 소고기는 된장찌개를 끓이고, 영양 크림이 떨어졌던데 사서 바르고, 이번 주에는 도서관에서 대여한 책을 읽고 반납해야 하고, 부러져 얽혀 있는 베란다의 우산들을 정리해야지….

이런 많은 잡다한 일들을 생각해낸다. 때수건으로 대충대충 몸을 밀어댄다. 땀을 많이 흘려서 그런가? 세 시간을 불렸더니 기운이 다 빠졌다.

온천은 예전보다 손님이 많이 줄었다. 코로나의 여파일까? 가끔 오는 온천인데 폐업을 하는 건 아닌지 걱정된다. 만약에 폐업을 한다면 이런 야외 온천이 있는 장소를 찾아 다녀야 한다. 이곳이 오래오래 번창하길 빌어본다.

언제나 빗소리를 들으며 온천물에 잠기고 싶은 마음에 온천 가는 길은 즐겁다.

5

11
월
이
오
면

계절의 시간은 거스르는 법이 없다. 11월도 벌써 며칠이
지나가고 아침과 밤에는 제법 찬바람이 분다. 추워지면 겨울
이 오고 어김없이 전 세계의 축제인 크리스마스도 다가온다.

우리 집은 기독교는 아니지만, 딸은 크리스마스 장식을
하고 선물하는 것을 유난히 좋아한다. 조그만 공간의 아파
트에서는 영화에서 나오는 커다란 침엽수용 트리는 놓기 어
렵다. 몇 년 동안 장식했던 크리스마스트리도 색이 바래서
작년에 버렸고 올해에는 새로 장만해야 할 것 같다.

트리를 생각하니 4년 전 딸을 만나러 독일 프랑크푸르트에 갔었던 추억이 떠올랐다. 그때 딸은 독일 회사에서 일하고 있었고 내가 움직여야만 했다. 더 보고 싶은 사람이 움직여야 한다.

거의 1년 만에 사랑하는 딸을 만나러 비행기에 오르고 얼마나 설레었는지 모른다. 그러나 14시간의 비행은 정말 고행이었다. 비좁은 좌석에 오래 앉아 있으려니 나중에는 다리에 쥐가 나기도 했다. 일부러 서서 걸어 다니기도 하고 3번의 기내식을 먹고 자고를 반복했다. 그때 정말 기침이 심했다. 열도 없고 콧물도 없지만, 처음으로 심하게 기침을 했다. 한국에서 가져간 약을 비행기 안에서 계속 먹었다. 효과는 오래가지 못했다. 한겨울의 기침감기 때문에 여행 내내 고생을 해야 했다.

프랑크푸르트암마인 공항에 내려서도 또 딸을 기다렸다. 심한 길치에다가 영어도 못 하니 꼼짝없이 기다려야 했다. 여행을 위해서 영어 단어를 외우면 다음 날에는 잊고 만다. '이럴 줄 알았으면 젊었을 때 영어 공부를 열심히 할걸!' 하고 후회를 하지만 소용 없는 일이다.

혼자 암마인 공항 안을 50바퀴 정도 빙빙 돌았다.

다리에 힘이 풀리고 기운이 없을 때 천사처럼 딸이 나타났다. 손에는 초콜릿이 들려 있었고 선물로 주었다. 우리는 서로 껴안고 반가움에 눈물을 흘렸다. 독일에서는 오랜만에 보는 친구에게 선물하는 게 예의라고 한다. 그리워하던 딸을 만나니 행복하고 감사하고 고맙고 이 세상에서 행복하다는 형용사는 모두 갖다 붙이고 싶은 심정이었다. 아는 사람하나 없는 이국에서 직장을 다니고 전셋집도 얻고 살고 있으니 참 대견하다고 생각했다.

공항 밖으로 나오니 찬비가 내리고 겨울의 빗방울은 기침을 더욱 심하게 만들었지만 행복했다. 예쁜 식당에서 저녁을 먹고 집으로 가서 거의 기절해서 잠이 들었다.

다음 날, 그다음 날에도 딸이 회사에 출근하면 종일 끙끙 앓았다. 수프와 빵을 먹고 몸을 일으키기 위해서 애를 썼다.

다행히 3일이 지나서는 조금씩 나아져 여행할 수 있었다.

한 식당에서 식사하다가 갑자기 또 기침이 터져 멈추지 않았다. 밖으로 나와 기침을 하며 콧물, 눈물을 흘리고 있는

데 젊은 여자가 휴지를 건네며 "Are you ok?" 말한다. 고개를 끄덕이고 기침을 하는데 그녀는 계속 걱정스러운 표정을 짓고 서 있다. 잠시 후 휴지를 또 준다. 동양인 아줌마에게 이런 친절을 베풀다니 감동했다. 타인의 과한 만들어진 친절을 좋아하지 않았는데 그녀의 진심 어린 표정이 나를 안심시켰다.

독일에서 며칠 살다 보니 이곳 사람들은 친절이 몸에 배어 있었다. 항상 뒤에 오는 사람을 위해서 입구 문을 잡고 기다려주고 좁은 길에서는 상대방과 부딪히지 않게 서로 배려한다. 어느 장소에서나 사람들은 웃으며 밝게 인사한다. 특히 남자들은 여자들에게 친절하게 대한다. 그들의 친절을 알고는 선진국 사람들이라는 것을 온몸으로 느낄 수가 있었다. 작은 차이가 명품을 만든다고 하지 않던가! 몸에 밴 친절은 따뜻한 사회로 느낄 수 있도록 만들어준다.

딸과 박물관, 미술관, 벼룩시장 구경도 갔다. 마당에서 열리는 시장을 가장 좋아한다. 상품의 가격도 저렴하고 다양한 지역 특산물을 보고 맛보고 직접 느낄 수 있기 때문이다.

밤에는 크리스마스 장식품을 파는 가게로 갔다. 거리거리에서 처음 보는 귀여운 장식품들을 팔고 있었다.

딸은 작은 장식품 몇 개를 샀는데 계산대 줄에서만 30분 이상을 기다렸다. 크리스마스 장식품들을 사는 행복한 표정의 사람들이 지금도 눈에 선하다. 할머니의 가방을 들고 미소를 짓고 기다리던 할아버지, 예의 바르고 조용히 기다리던 어린아이들 등 모두 즐겁고 행복한 성탄 준비를 즐기는 분위기였다.

이방인인 나도 따뜻하고 즐거운 분위기에 녹아서 그 생각만 하면 따뜻해진다. 시장에서 소시지와 따뜻한 포도주로 몸을 녹이고 숙소로 돌아왔다. 딸과 함께하는 독일 여행은 정말 행복한 시간이었다.

11월이 오면 그때처럼 크리스마스 시장에 가서 겨울의 찬바람을 맞으며 포도주를 마시고 싶다.

사람은 나이 들면 추억을 먹고 산다고 하지 않던가!

행복하고 따뜻했던 시간을 떠올리며 크리스마스트리를 사러 가야겠다.

〈가을이야기, 100p, oil on canvas, 2016년〉

6

물
의

정
원
을

거
닌
다

　가을꽃을 보고 싶은 마음에 장소를 검색해보았다. 수변생
태공원으로 조성되었다는 남양주 물의 정원이 눈에 들어왔
다. 가을꽃과 호수와 강변 정원도 볼 수 있으니 예쁜 풍경일
것 같았다.

　친구들과 약속을 하고 시장의 칼국수 가게에서 만나 수제
비를 먹었다. 시장 안의 유명한 그 가게는 바쁜 점심시간에
는 수제비를 먹을 수 없다. 칼국수보다 시간이 걸려서 그런

가 보다. 쫀득쫀득한 수제비와 부드러운 식감의 칼국수에 아침에 담근 겉절이를 얹어서 크게 입속에 밀어넣는다. 구수하면서 시원한 멸치 국물을 그릇째 들고 들이킨다. 모두가 알 것 같은 싸고 친숙한 맛이다. 이렇게 싸고 부담 없는 익숙한 맛이 좋다. 우리는 시장에서 간단하게 장을 보았다. 소풍에 빠질 수 없는 김밥, 떡볶이, 순대, 어묵국, 음료수를 사서 배낭에 부지런히 넣는다.

모두가 신이 났다. 날씨는 이보다 더 좋을 수 없는 아름다운 가을의 청아함을 가지고 있다. 마음 편한 친구들과 이 좋은 계절에 소풍을 가니 기분이 좋다.

차의 내비게이션에 목적지를 찍고 드디어 출발이다. 우리는 소소한 이야기를 하며 차에서의 시간을 보낸다. 영양제 이야기 어떤 화장품이 좋고 치과는 어디가 잘 보고 어느 생선구이 집이 맛이 있다는 등의 이야기들이 흘러간다. 몇 년 전 다른 도시로 이사 간 친구 이야기도 하면서 1시간 20분 정도 걸려서 주차장에 도착했다.

'남양주시 물의 정원'이라는 커다란 입구 표석이 보인다. 오른쪽으로 천천히 걸으니 메타세쿼이아 길이 나온다. 거친 나무 기둥과 잎이 가을의 향기를 내뿜고 있었다. 가을이라는 단어가 들어가면 모두 아름답고 센티멘털해지는 것 같다

가을 아침, 가을의 편지, 가을의 카푸치노, 가을 트렌치코트, 가을비, 가을 연잎밥, 가을꽃, 가을바람, 가을의 여인, 가을 사랑 등등 가을이라는 단어의 힘이 오늘따라 아름답게 느껴졌다. 적당한 햇살이 체온을 유지시켜주고 바람은 거의 불지 않았다. 날씨가 좋아서인지 정말 많은 가을 사람들이 산책을 즐기고 있었다. 소풍 나온 유치원 아이들, 데이트하는 젊은 연인들, 삼삼오오 같이 걷는 우리 또래의 아줌마들, 돗자리 위에서 간단한 샌드위치를 즐기는 할머니들, 자전거 타는 할아버지는 굳이 사진을 찍어준다고 하신다.

다리가 조금씩 아파질 무렵 북한강이 흐르는 풍경 쪽 벤치에 앉아서 사 온 음식을 하나씩 꺼내었다. 강변에서의 점심 식사는 얼마나 여유 있는 모습인가! 먼저 김밥에 손이 간다. 김밥은 참 평등한 음식이다. 누구 하나 모나게 나서지 않고 서로가 둥글게 어우러진 착한 음식이라고 생각한다.

매콤하고 단 떡볶이와 어묵 국물을 함께 먹으니 진정한 소풍의 맛이 느껴졌다.

강이 보이는 방향으로 중간중간 키가 커다란 나무들이 보인다. 굵은 가지 위로 올라가서 사진을 찍는 사람들도 있었지만 좋아 보이지 않았다. 앞에서 사진을 찍어도 될 것 같은데 나무 위까지 올라가서 괴롭히는 일은 없었으면 하고 느꼈다.

노란 코스모스 꽃밭이 넓게 펼쳐져 있어서 예쁜 가을 추억을 만들었다. 군데군데 사람들이 사진 찍는다고 밟아놓아 꽃잎들이 떨어지고 꺾인 모습이 보였다. 꽃을 밟지 않게 조심조심해서 찍었다. '사진 찍는 게 뭐라고 이렇게 꽃들을 부러뜨려놓았을까?' 하며 혼잣말을 한다.

수채화 물감처럼 넓게 뿌려진 꽃을 보니 정말 힐링이 되었다. 운전해서 오려면 거리가 있기는 하지만 오기 잘했다는 생각이 들었다. 맞은편 밭에는 여러 가지 색깔의 코스모스가 펼쳐져 있었다. 흰색, 분홍색, 선홍색, 보라색 꽃은 누구라고 할 것 없이 모두가 사랑스럽다. 우리에게 오늘의 가을 사진이 가장 젊은 날이겠지….

　꽃밭을 지나 뱃나들이교를 건너 천천히 출구 방향으로 걸음을 옮겼다. 더 거닐고 싶은 아쉬운 마음을 뒤로하고 집으로 향하는 길에 올랐다.

　오늘 밤 꿈속에서 노란, 분홍 코스모스, 메타세쿼이아 길, 북한강이 나를 맞이해줄 것이다.

　아름다운 물의 정원을 거닌 행복한 가을 여행이었다.

　겨울이 오면 또 어디로 소풍을 가야 하나?

7
기
다
리
는
사
람
들

　식당의 키오스크 화면에서 가락국수 한 그릇을 선택하고 결제한다. 가게의 벽은 통창으로 돼 있다. 역사 안에 있는 소규모의 식당이다. 출구 쪽 통로가 보이는 방향으로 자리를 잡는다. 유리창 바로 밖에는 검은색 벨벳 모자를 쓴 할머니가 보인다. 곱게 늙으셔서 보기 좋았다. 할머니는 천천히 걸음을 반복하며 개찰구에서 설탕처럼 쏟아져나오는 사람들을 바라본다. '저 할머니는 누구를 기다리고 계시는 것일까?'

　잠시 후 국수가 나왔다. 따뜻한 국수 한 그릇과 단무지가 점심이다. 한 젓가락을 들어서 입속에 넣는다. 맛은 뭐랄까? 회색의 맛이라고 불러야 하나? 담백하지도 않고 매콤새콤하지도 않고 달지도 않다. 한 끼의 점심에 필요한 최소한의 소박한 맛이라고 해야 하나? 그 어디에도 치우치지 않는다. 때로는 가락국수처럼 과하지 않은 사람들이 나중에 좋은 결과를 얻을 수도 있다. 하나에 너무 치우치면 손해를 보기 마련이다.

　아까 본 벨벳 모자의 할머니는 어느새 사라져버렸다.

　베이지색 트렌치코트에 청바지를 멋지게 입은 중년 여인은 잠시 기다리다 친구로 보이는 여자를 만나서 밝게 웃는다. 웃을 일이 많지 않은 현대인들에게 필요한 비타민 같은 웃음의 향기가 유리창 너머로 풍겨온다. 아마 서로의 옷에 관해 이야기하는 듯하다. 핸드백에서 무언가를 주섬주섬 꺼내더니 그들도 어디론가 향한다.

　국수 가락을 중간쯤 먹을 때 누가 보아도 멋진 스타일의 젊은 여자가 빠른 걸음으로 지나간다. 키도 큰데 아주 높은 굽의 빨간 하이힐을 신었다. 젊었을 때는 하이힐을 신었는데 지금은 신고 걸을 수가 없다.

대학생처럼 보이는 여자 셋이서 머리를 맞대고 무엇인가를 의논하는 것 같다. 오늘 과제나 약속에 관한 이야기일까?

나머지 국물을 후루룩 마실 때는 허리 구부정한 할아버지가 늙은 몸을 끌듯이 천천히 걸어간다. 할아버지가 걷는 것인지 발바닥에 의지해 자석처럼 끌려가는 것인지 모르겠다. 그분도 한때는 젊은 날이 있었겠지….

빈 그릇은 반납하는 장소에 가져다준다. 마른 목소리 직원의 감사하다는 인사를 뒤로한다. 자리에 놓고 가는 물건이 없나 확인하며 밖으로 나온다. 배가 부르니 시간은 이제 더 여유로워진다. 역시 여유는 배가 불러야 생기는 것인가 보다. 역 가운데에 작은 꽃집이 새로 생겼다. 사람들이 꽃을 많이 사 갈까? 걱정된다. 꽃을 좋아하면서도 정작 자주 사지는 못한다. 게을러서 금세 시들어버리기 일쑤다. 꽃집 앞으로 가서 기웃거리니 인상 좋아 보이는 사장님이 밝게 인사한다. 바깥쪽에서 새로운 모양의 국화 사진을 찍었다. 너무 새로운 것들을 선호하지 않는다. 깨끗하고 하얀 안개꽃에 인위적인 색을 넣고 해서 분홍색 파란색 보라색 등의 색깔들이 주렁주렁 매달려 있는 풍경이 보인다.

가을 국화를 약간 변형시킨 듯한 국화 모양의 꽃이 예쁘다. 새롭기는 하지만 과연 제대로의 향기가 날까 싶다. 코를 가까이 대보니 약하게 국화꽃 향기가 풍겨온다. 어쨌든 한눈에도 화려한 색깔의 꽃이라는 건 분명하다. 품종 개량을 한 것 같지만 국화다. 지금은 모든 화려하게 튀어야 사는 세상이다. 사람도 물건도 꽃조차도….

'장미꽃 한 송이 살까?' 하고 생각했다. 그러나 다음 일정을 보러 돌아다녀야 하는데 짐이 될 거 같아 그만두었다. 꽃은 다음으로 미루기로 했다. 꽃집 옆에는 키가 큰 조형물이 세워져 있고 아래 사각형의 벤치에는 사람들이 빈자리 없이 앉아 있다.

누군가를 기다리는 사람들! 그들은 친구나 연인이나 가족이나 지인을 기다린다. 멀리서 그들의 표정을 보면 대충 짐작이 간다. 사랑하는 연인을 기다리는 소년의 눈은 반짝반짝 빛이 날 것이고, 친구를 기다리는 눈빛은 다정하고 편안하다. 돈 때문에 기다려야 하는 얼굴은 경직되고 예민한 표정일 것이다.

　가족? 가족을 기다리는 눈빛은 그냥 무덤덤하겠지. 매일 보는 얼굴이라 그런 것일까? 사실 위급하고 아플 때 필요한 사람은 가족인데 평상시에 사람들은 그것을 알지 못한다.

　사람들의 기다리는 표정은 하나하나 다르다. 만약 기다리는 일이 없어진다면 어떨까? 오직 인터넷이나 핸드폰으로 연락하고 사람들이 직접 얼굴을 보며 만나지 않게 된다면? 하는 생각이 든다. 기다리는 사람이 없다면 얼마나 외롭고도 쓸쓸한 일인가!

　오래전 이웃에 살던 할머니는 "어떤 날은 가족들이 다 바빠서 온종일 개랑 얘기하는 날도 있어." 하며 쓸쓸하게 웃었다. 현대의 삶을 살아가는 사람들은 모두 쓸쓸하고 외로워 보인다.

　기다리는 사람들의 표정을 뒤로하고 역을 빠져나온다.

　가락국수의 맛처럼 회색으로 젖어 있는 가을날 회색 표정의 사람들을 보니 무언가 밝은 이벤트가 필요할 것 같다. 그래서 TV에서는 많은 예능 프로가 만들어지나 보다.

나의 예능은 저녁에 가족과 함께 멋진 크리스마스트리를 장식하는 것이다. 새삼 기다림은 힘들지만 역 벤치에 앉아서 기다릴 사람이 있다는 것에 감사해야 할 것 같다.

〈봄 이야기, 30m oil on canvas, 2013년〉

8
나무

　가을 잎새의 올리브 빛깔이 아름다우면서도 고즈넉하다고 해야 하나? 옅은 갈색의 나무와 잎들이 이제는 월동 준비에 들어가는 모양이다.

　며칠 전 자연휴양림을 다녀와서 숲과 나무의 색을 보고 가을을 느꼈다. 잎들을 떠나보낼 준비를 하는, 쓸쓸해 보이기도 하고 고독해 보이기도 하는 가을 나무들! 언제부터인가 화려하게 피었다가 쉽게 떠나버리는 꽃보다 나무를 더 좋아하게 되었다.

봄의 나무는 배경의 색이다. 귀여운 연둣빛 잎새들이 올라와 벚꽃의 꽃망울이 터져나오면 나무는 보이지 않는다. 화사하고 밝게 빛나는 주인공 벚꽃이 한껏 뽐내는 동안 조용히 조연의 자리를 지키곤 한다. 겨우내 추위에 지쳐 있는 사람들의 마음을 새싹을 틔워서 위로하고 감싸준다. 개나리 진달래꽃이 피면 나무가 어딘가에 서 있다는 것조차 잊어버린다. 생명을 움트게 만드는 봄의 나무는 참으로 이로운 생명의 어머니인 것이다.

여름의 나무는 푸르른 잎을 입고 시원한 그늘을 만들어준다. 깊은 시골 어귀 정자 안에서 노인들이 앉아 부채질한다. 거기에는 어김없이 마을을 지켜주는 커다란 나무가 신처럼 지키고 있다. 그 아래에서 시원한 수박을 잘라 먹는 풍경을 좋아한다. 여유로운 사람들의 미소로 바람은 살랑살랑 불어와 시원해진다.

TV에 나오는 타잔처럼 여기저기 나무 사이를 날아다니고 싶다. 참 재미있을 것 같다. 그늘 개울가에서 아이들은 가재와 다슬기를 잡으며 조금씩 나이를 먹어가겠지.

가을의 나무는 성숙한 중년의 여인처럼 우아하다. 진중하고도 고귀하게 느껴진다. 겨자색과 올리브색 초콜릿색으로 변해가는 잎들을 보며 미소를 지으면 다람쥐는 두 눈을 동그랗게 뜰 것이다. 바람이 신경질을 부리며 휙 돌아서도 미소를 지으며 토닥토닥 위로해주고 비가 내리면 감기라도 걸릴까 봐 잎으로 우산을 만들어준다.

밤이면 별에 인사하며 키가 점점 자라서 조금 있으면 친구가 되겠다고 속삭이기도 한다. 가을밤의 나무는 정말 사랑스럽다. 가로등 친구와 나란히 서서 지나가는 사람의 든든한 등불이 되어주기도 한다.

겨울의 나무는 그야말로 환상이다. 특히 겨울의 자작나무는 깨끗함과 순결함을 보여준다. 흰색의 나무 기둥 하나만으로도 신비함을 안겨준다. 눈이 쌓여 숲이 덮인다면 자작나무 풍경은 글로 표현하기에 부족하다. 겨울의 눈밭으로 달려가 자작나무를 안아보면 알 것이다.

만약에 흙탕물 속에 빠진 기분이라면 숲속의 자작나무를 찾아가 보길 바란다. 심장이 깨끗하게 정화되고 위로받는 기분을 느낄 수 있다.

얇게 벗겨지는 껍질을 손으로 어루만지고 있으면 자작나무가 말을 거는 듯하다. "다 괜찮을 거야!" 하면서 안아준다.

밑동이 잘린 오래된 겨울나무는 잠시의 휴식을 베푼다. 춥지만 조금만 쉬어가라고 잠시 자리를 내어준다. 나무의 모습도 아름답지만 버릴 게 하나도 없다. 작은 나뭇가지는 산에 사는 사람들의 따뜻한 연료가 되어주고 깨끗한 공기를 선물한다. 썩어버린 것조차 기생하는 버섯에 희생한다. 어쩌면 한국의 어머니 모습이 아닐까 한다. 처음부터 끝까지 사랑하고 안아주고 희생하고 당신의 임종에도 자식을 위해 다 내어주신다. 나무처럼 버릴 게 없는 이로운 사람이 되고 싶다는 생각을 해본다.

그래서인지 숲에서 지내고 오면 정신이 맑아지고 가슴은 따뜻해지는 걸 느낀다. 처음에 숲에 적응하지 못하는 사람은 지루하고 고리타분하게 느끼겠지만 산책하면서 친구가 된다면 편안하고 안정된 마음을 얻을 수 있다. 나무와 친구가 되면 참 좋다. 사람들처럼 말을 다른 사람에게 전하는 일도 없고 한자리에서 오래도록 인고의 시간을 견뎌낸다. 사람처럼 쉽게 변하지도 않는다. 그저 사계절을 말없이 순환한다. 그냥 모습 그대로 바라봐준다. 진한 화장을 하지 않아도 되고 화려한 옷을 걸치지 않아도 된다. 나무의 아름다움은 존재 자체로 따뜻하게 빛나지 않는가!

예전에 보았던 종로구 조계사 마당의 소원 등을 받치고 있는 커다란 나무 생각이 난다. 사람들은 소원 등이 멋있다고 사진을 찍었지만, 그 나무가 참 버거워 보였다. '저 많은 등을 머리에 이고 있으면 얼마나 힘이 들까? 부처님의 힘으로 서 있는 것일까?' 하고 생각했었다. 아마 그때는 힘들고 버거웠나 보다. 만약에 마음이 즐거웠다면 밝게 빛나던 등의 화려한 불빛만 보였을 것이다. 몇 년 전의 일이지만 아마도 느끼는 대로 보이나 보다.

가을 나무를 느끼고 온 이 기분으로 행복을 만들어나가야겠다.
휴양림의 나무는 변하지 않는 마음으로 기다려줄 것이다.

다음에 또 만날 날을 기약하면서 나의 길을 걸어간다.

9
메밀꽃에 빠진다

  꽃을 싫어하는 사람이 있을까?

  나는 정말 꽃을 좋아하고 사랑한다. 동네 꽃집 앞을 지나면서 조그만 장미꽃이나 흔들리는 허브만 봐도 마음도 함께 살랑살랑 흔들린다.

  오늘은 10월의 마지막 날이다. 가수 이용의 '지금도 기억하고 있어요~ 10월의 마지막 밤을~' 하는 노래 가사를 많은 중년은 따라 부를 것이다. 가을의 노래 꽃은 더욱 사람들의 마음을 로맨틱한 포도주색으로 물들인다.

　봄에 희망의 소식을 전해주는 프리지어, 발랄한 개나리, 새색시 같은 분홍빛의 진달래, 함박웃음을 짓게 만드는 목련, 노란 손짓으로 카메라 셔터를 누르게 만드는 유채꽃, 해마다 봄이 오면 열리는 여의도 축제의 벚꽃! 특히 벚꽃을 좋아한다. 사람의 화려한 앞의 얼굴보다 아름다운 뒷모습을 사랑하기에 화사하게 피는 벚꽃보다 휘날리면서 떨어지는 풍경을 사랑한다.

　여름의 활기찬 꽃들은 또 어떠한가!

　해를 바라보며 하나의 사랑만을 갈구하는 노란 해바라기를 보면 이탈리아 영화에서 끝없이 펼쳐지던 해바라기 꽃밭과 '소피아 로렌'이 흘리던 눈물이 떠오른다. 사랑의 모든 의미를 담아주는 장미, 소박한 몸짓의 나팔꽃, 우아하고 고운 한복을 입은 듯한 금낭화와 푸르른 나뭇잎의 축제, 활기와 밝은 기운은 자연의 원천이 된다. 그 힘으로 여름의 더위를 이기는 게 아닐까?

겨울에도 꽃은 핀다. 추위를 견뎌내고야 마는 강한 동백꽃, 시클라멘, 포인세티아의 빛깔도 참 근사하다. 빨간 포인세티아를 보면 이제 올해도 다 가고 크리스마스가 다가온다는 것을 느낄 수 있다. 눈이 내려서 살포시 덮고 있는 겨울 꽃을 보면 생명의 강한 힘을 엿볼 수가 있다.

　가을꽃에 코스모스가 빠질 수 없다. 가련하고 연약해 보이는 소녀를 닮은 꽃은 애잔하게 만든다. 구절초의 모양과 색깔도 귀엽다. 물컵에 아무렇게나 구절초를 꽂아놓아도 주방 한구석이 행복하게 빛난다. 국화의 소박한 아름다움도 편안하게 만든다. 뜰 앞에 앉아 있는 언니처럼 정이 간다. 가을의 맛을 느끼게 해주는 은행잎과 고소한 은행 볶음도 생각나게 한다.

　몇 년 전 메밀꽃이 보고 싶어서 혼자 봉평 메밀 축제에 간 적이 있었다. 그때 유명했던 〈도깨비〉라는 TV 드라마에서 나오는 메밀꽃밭을 직접 보고 싶었다.

　2016년부터 2017년까지 방송된 〈도깨비〉의 이야기는 불멸의 삶을 끝내기 위해 인간 신부가 필요한 도깨비, 그와 기묘한 동거를 시작한 기억상실증 저승사자, 그런 그들 앞에 도깨비 신부라 주장하는 죽었어야 할 운명의 소녀가 나타나며 벌어지는 신비로운 낭만 설화다.

나의 감정은 도깨비와 메밀꽃에 흠뻑 빠져 있었기 때문에 봉평으로 달려가야만 했다. 아쉽게도 '봉평 메밀 축제'는 전날 끝났고 기대하던 하얀 소금을 뿌려놓았을 것 같은 꽃은 져버리고 줄기와 허옇게 시든 꽃들이 서 있었다. 그래도 즐거웠다. 그림자처럼 받치고 있는 줄기와 주위에 둘러 있는 강원도의 공기 좋은 산들이 반갑게 맞아주는 것 같았다.

그리웠던 메밀꽃의 끝자락이라도 붙잡을 수 있었으니 다행이었다. 나처럼 꽃을 보러 온 사람들이 몇 명이 더 있었다. 그들도 져버린 메밀꽃의 이야기를 만들었을 것이다. 여기저기 사진을 찍고 시든 꽃들과 인사하고 나니 허기가 몰려왔다. 메밀꽃 그림이 커다랗게 그려진 메밀 요리 전문 식당으로 들어갔다. 당연히 메밀국수와 전을 주문했다. 도시에서 먹던 맛과 확실히 차이가 났다. 쌉싸름한 특유의 향이 더 풍부하다고 해야 하나? 국수는 담백함과 군더더기 없는 깔끔함이 더해져서 한 그릇이 순식간에 바닥나버렸다. 얇은 전은 약간 거칠면서도 고소해서 처음에는 전이 남으면 포장하려고 했는데 다 먹었다. 아침도 안 먹고 출발했으니 배가 고팠나 보다. 소화가 잘 되려나 할 만큼 먹었는데도 다행히 속이 편했다.

봉평 메밀 축제의 추억이 지금도 생생하다. 간절한 마음으로 강원도까지 달려갔기 때문일 것이다. 사계절의 꽃들이 모두 아름답다. 그러나 가을에 피는 꽃에 더 마음이 간다.

오늘은 10월의 마지막 날이기 때문이다. 다시 찾아오지 않을 오늘 가을꽃의 풍경이 가슴 속에서 하얗게 펼쳐진다.

내년에는 봉평 메밀꽃 축제 날짜를 기억했다 시든 꽃이 아닌 생생하게 피어 있는 꽃의 얼굴을 보러 가야겠다. 벌써 가슴이 설렌다.

10
따뜻한 손

11월의 끝자락이다. 가을은 어김없이 찾아왔다 빨리 지나가버린다.

한동안 연락이 끊겼던 친구들도 한 명씩 연락을 해온다. 늦가을부터 송년회의 계절이 아니던가! 송년회의 날짜도 조금씩 당겨지는 것 같다. 12월이면 마음이 다들 바쁜 것처럼 보인다. 한 해를 마무리하는 시간이기 때문일 것이다.

오랜만에 전철을 타고 친구와의 약속 장소로 출발했다.

전철 안에는 시루의 콩나물처럼 사람들이 많이 앉아 있다. 유난히도 몸의 중심을 잘 못 잡아서 꼭 기댈 곳이나 손잡이를 잡아야 한다. 전철이 갑자기 설 때면 나도 모르게 춤을 추고 있다. 손잡이를 잡지 않고 두 다리로 잘 버티고 있는 사람을 보면 부러운 생각이 든다. 한 번은 시내버스에서 갑자기 급정거하는데 중심을 못 잡고 뒷자리에 서 있던 몸이 기사님의 얼굴과 인사를 한 적도 있었다.

가까스로 숨을 돌리고 나서 우연히 내 손을 보게 되었다. 그리고 다른 사람들의 손에도 눈길이 간다.

옆에 서 있는 중년 여인의 손은 커다란 진주 반지와 함께 핸드크림을 바른 듯이 매끈해 보인다. 잘 관리된 매끈한 손이다.

앞에 앉은 얼굴에 주름이 많은 할머니의 손을 내려다본다. 쭈글쭈글 주름이 많고 손톱 사이에 새까맣게 때가 끼어 있다. 일을 많이 하셨나 보다.

그 옆에 젊은 여자의 손은 길고 하얗다. 계속 핸드폰을 하는 손짓으로 무언가 업무로 바쁜 듯이 보인다. 그녀의 손톱은 빨간 포도주색의 물방울 모양으로 무엇인가 반짝거리고 있다. 작은 보석을 붙인 것처럼 보인다.

10년 전인가? 손톱 관리를 돈 주고 받아본 적이 있었다. 집에 돌아와서 설거지, 청소 등을 하다 보니 금세 흠집이 나버렸다. 그제야 알았다. 반짝거리는 예쁜 손톱과 집안일을 동시에 가질 수는 없다는 것을…. 그 후로는 손톱에 대한 미련을 버렸다. 지금은 뭉툭하고 거칠고 아무것도 칠하지 않으니 조금만 매니큐어를 발라도 답답함을 느낀다.

그 옆에 서 있는 단정하고 깔끔한 중년 남자의 손을 바라본다. 세상에 태어나서 궂은일이라고는 한 번도 해보지 않은 듯한 깨끗하고 고운 손이다. 얼굴을 보니 잘생긴 호감형이다. 눈꼬리에 여유로운 주름도 있고 흰 머리카락도 살짝 보인다. 다시 그의 손을 보니 섬섬옥수라고 이름 지어야겠다고 생각했다.

얼마 전 오랜 친구에게 손 마사지기를 선물한 적이 있다. 손목까지 마사지를 따뜻하게 해주는 소가전제품이었다. 그녀는 컴퓨터 작업을 많이 해서 손목의 통증을 얘기했었다.

나중에 그녀의 집에 가서 보니 작고 귀여운 기계에 손을 넣으면 따뜻하게 마사지를 해주었다. 참 기특한 제품이라고 생각했다. 만약에 나도 손목에 통증이 있다면 사용해보고 싶었다.

손 생각을 하며 달리다 보니 어느새 내릴 역이 가까워졌다.

손들에게 작별 인사를 하고 전철에서 내린다. 친구와는 거의 1년 만에 만나 양손을 반갑게 잡고서 서로의 안부를 물었다.

첫 만남에서의 악수는 참 중요한 일이기도 하다. 아주 옛날에는 처음 보는 타인의 손에 무기가 없다는 걸 보이기 위해 앞으로 내놓고 악수를 했다고 한다. 지금도 달라진 점은 없다고 생각한다. 무기는 어디에선가 다른 모습으로 존재하기 때문이다.

손이란 무엇인가? 사람과 사람이 손을 잡는 일은 추운 계절에 따뜻해지는 방법 중 가장 빠른 일인 것 같다. 사랑하는 연인은 손을 잡고 길을 걸으며, 엄마는 아이를 보호하기 위해 고사리 같은 손을 꼭 잡는다. 병원에서 간호하는 가족은 손을 살며시 잡고 간절하게 환자의 쾌유를 빈다. 인간이 신을 찾는 순간에도 두 손을 모아 기도한다.

그러고 보니 손은 일하는 것 말고도 많은 역할을 하고 있다. 사람과 사람을 따뜻하게 연결해주는 사랑의 가지 같다. 커다란 나무의 가지처럼 팔을 뻗어서 안아주고 있다. 가지들이 길어져서 서로를 포근하게 감싸 안아주고 사랑해주는 세상이 되었으면 좋겠다.

따뜻한 손이 그리워지는 계절이다. 마음이 따뜻한 사람들과 손을 더 자주 잡아야겠다.

〈달의노래, 30p, mixed media, 2021년〉

제 4 장

사랑하는 눈으로 녹이는
겨울 이야기

1

가
방
이
야
기

시장의 채소 가게에서 장을 보고 계산을 하기 위해 계산대에 줄을 선다. 앞의 할머니는 채소를 사고 돈을 찾으려 가방을 테이블에 거꾸로 들고 쏟으신다. 지갑을 못 찾으신 것 같다. 테이블 위로 커다란 손수건, 열쇠, 사탕, 작은 지갑, 꼬깃꼬깃 접힌 지폐가 나왔다. 마지막에 드디어 돈이 나온 것이다. 지갑을 찾아서 다행이라고 생각했다.

사람들의 가방은 천차만별이다. 시장에 높이 걸려 있는

값싼 가방, 백화점 명품 매장에 앉아 있는 고가의 가방, 아웃렛에 있는 적당한 가격의 가방, 놓여 있는 장소도 저마다 다르지만, 물건도 다르다.

그 사람의 가방 안에는 인생이 담겨 있는 것 같다.

성당으로 향하는 아줌마의 가방 안에는 성경책, 볼펜이 들어 있을 것 같고, 젊은 남자의 가방에는 담배와 라이터, 노트북이 있을 것 같다. 젊은 여자의 가방은 더 다양하다. 머리핀, 콤팩트, 립밤, 티슈, 얼굴에 뿌리는 미스트, 반지고리, 껌, 발뒤꿈치에 붙이는 밴드, 빗, 거울, 향수 등이 들어 있을 것이다.

학교에 다니는 학생의 가방 안에는 책과 공책, 예쁜 필통 등이 있을 것이다. 어릴 때 가방에는 놀이하는 돌, 고무줄 등이 들었고 책가방이 엄청 무거웠다. 욕심이 많아서 공부도 놀이도 잘하는 아이가 되고 싶었다. 그때는 가능했지만 어려운 일이라는 것을 알았다. 불량 식품도 사서 가방에 넣고 형광의 쫀드기를 질겅질겅 씹으면서 하교를 했다. 공부 안 하는 학생의 가방에는 별로 든 게 없다. 도시락과 갈아입을 체육복 정도다.

등산하는 아저씨의 가방에는 무엇이 있을까? 김밥, 물, 초콜릿, 여벌 옷, 땀을 닦을 손수건이 들어 있을까?

여행용 가방 안의 내용물은 정말 재미있다. 명품을 좋아하는 사람의 가방에는 명품 가방이, 양주나 담배 선물을 하는 사람은 술과 담배가, 쿠키를 좋아하는 사람은 여러 가지 쿠키가 있을 것이다.

시골 할머니들이 머리에 이고 다니시던 보자기도 있다. 모든 것들이 다 들어갈 수 있는 것이 보자기다. 형태의 제약이 없기 때문이다. 머리 위에 짐을 이고 걷는 할머니를 보면 정말 신기했다. 따라 해본 적이 있었지만 아무나 할 수 있는 일은 아니었다. 머리와 목과 어깨의 균형을 잘 잡아야 떨어지지 않는 것이다.

나의 가방 안에는 무엇이 들어 있을까? 며칠 전 서울 나들이를 갈 때는 티슈, 지갑, 선글라스, 양산, 립밤, 손수건, 만년필과 작은 메모지를 가방 안에 들고 다녔다. 언제부터인가 중요한 일정이 생기면 핸드폰은 물론이거니와 메모지에 따로 적어놓는 습관이 생겼다. 기억력을 믿지 못하기 때문이다. 슬픈 일이지만 어쩌겠는가?

현대인의 가방 안 풍경은 모두 다르지만 한 가지 공통점이 있다. 바로 핸드폰이다. 핸드폰은 정말로 똑똑하다. 쇼핑할 수 있고 전철이나 버스를 탈 수 있고 전화와 인터넷을 사용하고, 유튜브의 영상, 영화도 볼 수 있다. 스마트폰의 진화는 어디까지일까?

몇 년이 지나고 새로운 것이 등장하여 가방에 모셔질 수도 있을 것이고 어쩌면 가방이 사라지는 시대가 올지도 모른다. 요즘 젊은 여자들이 들고 다니는 아주 작은 가방을 보면 그런 생각이 든다. 그것은 가방이 아니고 액세서리의 한 부분처럼 느껴졌다.

내 가방에는 딸의 사진이 들어 있다. 유치원 다닐 때, 중학생, 성인이 되었을 때 사진도 있다. 사랑하는 사람의 사진을 보며 항상 간직하려고 하는 것이다.

예전에 보았던 영화에서 가방에서 한 가지만 꺼내 가져갈 수 있는 급한 상황이 그려졌다. 여자는 가족사진 한 장을 가방에서 꺼냈다. 영화 제목은 기억나지 않지만, 그 장면의 감동은 잊히지 않는다.

　앞으로 노년의 가방 안에는 무엇이 들어갈지 모르겠다.
　여러 가지 이로운 것들로 가방 이야기를 채워나가고 싶다.

2
손톱깎이와 귀이개

"따 탁탁." 겨울 아침의 날카로운 손톱 깎는 소리다. 넓게 펼친 신문지로 몸에서 떨어져나온 얇은 부속품들이 하나씩 쌓여간다.

삐죽이 나온 새끼발톱을 보고 발톱만 깎으려 했으나 신문을 펼친 김에 손톱까지 이어진다. 짧고 뭉툭하게 손톱 발톱을 깎고 나서는 부드럽게 갈기 시작한다. 거친 면이 남아 있으면 나도 모르게 긁히기 때문이다.

그러고 보니 사람의 몸에서 나오는 배설물이 많다.

똥, 오줌, 콧물, 눈물, 손톱, 발톱, 시간이 지나면 계속 나오는 때, 머리의 각질, 눈곱 등이 살아 있는 동안에는 멈추지 않고 나오겠지…. 귀지도. 오랜만에 귀이개를 찾아서 조심조심 귀를 파기 시작한다. 손톱 깎는 일보다 귀에서 귀지를 파는 일이 훨씬 조심스럽다. 잘못해 귀이개가 깊이 들어가면 통증도 심하고 감염될 수도 있다. 이비인후과 의사들은 억지로 파는 일은 좋지 않다고 말한다. 자연스럽게 나오게 해야 한다. 그러나 소파에 누워 귀를 간질이며 파면 그렇게 편안할 수가 없다.

타인에게 내 귀를 맡긴다는 것은 그 사람을 믿는다는 마음이 있어야 가능한 일이다. 귀를 내가 파고 있으니 귀지가 잘 나오지 않는다. 몸에서 나온 손톱, 발톱, 귀지들을 잘 모아서 쓰레기통에 버린다.

여태껏 살면서 몇 번이나 손톱 발톱을 깎았을까? 만약 손톱깎이가 없다면 어떻게 잘라야 하나? 칼로 잘라야 하나?

얼마 전 손톱을 예쁘게 꾸미는 딸을 따라 손톱 가게에 간

적이 있다. 귀여운 손톱 모양들과 수술실 못지않은 도구들이 정돈되어 있었다. 손톱에 색칠하고 그림을 그리는 줄 알았는데 세심한 여러 과정이 있다. 깎고 다듬고 이름 모를 약품을 바르고 기다렸다가 디자인을 고르고 칠하고 붙이며 2시간은 걸린 듯하다. 의자에 앉아 구경만 해도 재미있었다. 비록 매니큐어의 냄새가 많이 났지만 참아야 했다.

작은 손톱에 예쁜 그림을 그리고 붙이는 손톱 관리사님의 손이 마치 화가의 손 같았다. 게다가 그분은 다정하게 손님의 이야기를 들어준다. 한 중년의 여자는 시댁에서 있었던 일, 운전하고 오다가 남편과 다투었다는 이야기를 아무렇지도 않게 내뱉는다. 원하지 않게 여자의 시댁이 부산이라는 것과 명절이면 부산까지 가면서, 집으로 돌아오면서 일어나는 속 시끄러운 가정사를 듣게 되었다. 어쩌면 손톱 관리사님이나 나처럼 처음 보는 모르는 사람에게 고민과 이야기를 쉽게 털어놓을 수 있는 것 같다. 정말 친한 사람에게는 자존심이 상해서 말할 수 없는 것들을 처음 보는 사람에게는 아무렇지도 않게 말한다.

중년 여자의 이야기를 듣다 보니 나도 손톱 관리를 받아 볼까? 하고 생각하게 되었다. 어쩌면 이곳은 여자들의 손톱뿐만이 아니고 마음까지도 관리해주는 곳인가보다.

딸은 손톱이 예쁘게 나왔다며 만족해했다. 생각해보니 20대 초반의 내 손톱도 그랬었다. 36년 전에는 손톱 가게라는 게 따로 없었다. 동네 미용실에 가면 여러 가지 색깔의 매니큐어가 팔레트의 물감들처럼 놓여 있었다. 친구가 파마하는 동안에 매니큐어 색을 손가락마다 다르게 칠하곤 했었다. 그때는 집안일을 하지 않으니 길고 긴 손톱에 빨갛고 노랗게 반짝거리는 색깔을 유지할 수가 있었다. 가끔 손잡이에 부딪혀 긴 손톱이 부러지는 일도 있고 덜 마른 손으로 도넛을 집다 설탕가루가 묻어 반짝이는 손톱이 되는 예도 있었다.

아침부터 새삼 처음으로 손톱깎이와 귀이개를 만든 사람에게 감사해야겠다는 마음이 든다. 별로 대단한 일은 아니다. 그러나 손톱 발톱을 깎고 나면 무언가 개운한 기분이 든다.

싱크대에 쌓인 그릇을 깨끗이 설거지하고 나니 몸도 마음도 깔끔해졌다.

오늘은 손톱처럼 개운한 하루가 시작될 것 같다.

3

향
기

없
는

꽃
집

　새로 산 바지의 기장을 줄이기 위해 시장 안 옷 수선집에
맡긴다. 소파에서 기다린 지 30분이 지나간다. 배에서는 배
꼽시계가 꼬르륵 울려대고 점점 무표정으로 변해간다.
　언제부터인가 식사 때 밥을 먹지 못하면 어지럽고 손이
떨리기까지 하는 증상이 생겼다. 젊었을 때는 살 뺀다고 며
칠씩 굶어도 멀쩡했었다.

　재래시장 안의 수선집은 오래되었고 수선비가 저렴하다.

그래서 항상 손님이 많은가 보다. 한 아주머니는 외투를 입고 나왔는데 잘 올라가던 지퍼가 고장 났단다. 오늘은 제법 찬바람이 불어대는 겨울 날씨이기 때문에 꼭 고쳐야 할 것 같았다. 새 지퍼로 달기로 하였고 나처럼 기다린다.

아저씨는 옷을 찾으러 왔는데 목소리가 쩌렁쩌렁하다.

젊어 보이는 새댁은 바지 기장을 줄이겠다고 하고 맡기고 나가버린다. 한 시간 후에 찾으러 온다고 하지만, 글쎄다. 찾아오는 손님이 계속 밀려서 찾을 수 있을지는 미지수다. 전에 맡기고 나갔다 수선이 안 되어서 결국 다음 날에 다시 나와야 했기 때문이다.

낡은 소파에 앉아서 한참을 기다린다. 고개를 들고 수선집 안을 둘러보는데 알록달록 예쁜 색깔의 실패들이 꽂혀 있는 벽에 눈이 간다. 온갖 색깔의 크고 작은 실패, 굵고 가는 실들, 길고 짧은 못의 색들이 너무나 아름다운 꽃밭처럼 보였다.

갑자기 그 예쁜 실을 바늘에 꿰어서 멋진 옷을 만들고 싶어졌다. 누군가의 옷을 만들고 수선한다는 건 얼마나 멋진 일인가!

옷을 만들려면 먼저 줄자로 몸의 크기를 재야 한다.

원피스 한 벌을 만들기 위해 목둘레, 어깨, 가슴, 허리, 엉덩이, 소매, 치마의 길이는 어디까지 할지 정확하게 재야 한다. 재단 종이 위에 재단 자로 몸의 치수를 그린다.

옷감도 중요하다. 무수히 많은 천 중에서 어울리는 옷감을 골라야 한다. 마치 결혼할 배우자를 찾는 것처럼 신중하게 골라야 한다. 그렇지 않으면 만든 옷이 어울리지 않는다. 고른 천 위에 재단한 종이를 올리고 크기를 맞춘다. 시침 핀으로 점과 곡선 부분을 세심하게 집어야 한다. 길고 큰 재단 가위로 모양대로 천을 잘라준다. 신중하게 천천히 자른다. 다음은 칼라와 소매와 몸통 부분을 연결하여 시침 손바느질을 한다. 칼라와 몸통, 소매와 몸통, 속치마도 있다면 안쪽에 다시 연결한다. 원피스의 형태가 나오면 가봉을 한다. 사람이 직접 입어보고 잘 맞는지, 단추가 있다면 어떤 형태로 들어가는지, 어색한 부분은 없는지 확인한다. 옷을 만드는 일은 정말 꼼꼼한 작업이 필요한 과학이다.

만약에 내가 꼼꼼한 사람이었다면 아마 지금쯤 옷을 만들어 입었을 것이다.

마지막으로 재봉틀에 예쁜 실을 끼워서 노루발을 내리고 재봉틀 위를 달린다. 그 느낌은 바르르 떨리기까지 한다. 바느질이 끝나면 드디어 몸에 꼭 맞는 세상에 하나밖에 없는 원피스 한 벌이 완성된다. 멋진 창조의 순간이다. 옷을 만드는 일은 정말 어렵고도 매력적인 작업이다.

우리 집 옷장에도 젊었을 때 만들었던 파란색 원피스가 있다. 옷 만들기를 참 잘하고 싶었는데…. 사람은 잘하고 싶은 일과 잘하는 일이 태어날 때부터 나누어져 있는 것 같다. 비록 원피스는 바느질이 잘되어 있지 않고 촌스럽지만 하고 싶었던 일 중의 하나였으니 해보았던 것만으로 만족한다. 만약에 바느질을 계속 배웠으면 기장 줄이는 일이야 쉬웠을 것이다.

예전에 원피스를 만들었던 추억에 빠져서 한 시간이나 지난 줄 몰랐다. 기다리던 수선이 다 되어 문을 열고 나선다. 뒤돌아서 알록달록 실패가 있는 향기 없는 꽃집에 인사한다. 비록 장미 향은 풍기지 않지만, 사람들의 살아 있는 풍경이 넘치는 곳이다.

　사람들은 저마다의 이야기로 옷을 자르고 지퍼를 갈고 덧
대어서 늘리기도 한다.

　늘 활기찬 꽃집을 나와서 김이 모락모락 나는 순대 한 봉
지를 산다.

　"간도 넣어주세요." 하며….

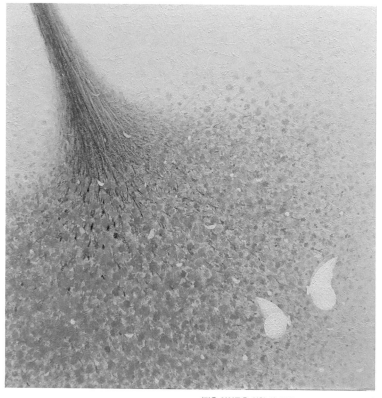

〈작은 연인들을 위한 시, 25호, mixed media, 2022년〉

4

겨
울
이
야
기

　숨을 내쉬는데 입김이 만두 가게에서 뚜껑을 열 때처럼
번져 나오고 코는 시린 바람 때문에 베어져 버릴 것 같은 매
서운 추위가 몰려왔다.

　한동안 사람들은 12월답지 않은 봄 날씨 같다고 이상 고
온이라고 했는데 갑자기 한겨울로 돌변한 것이다.

　뉴스에서는 체감온도 20도라고 하였다. 이런 추위에 옷
을 단단히 껴입고 걷기를 하러 나간다. '추우면 옷을 많이 입
으면 되지!' 하면서 근처 공원으로 걸어갔다.

바깥의 겨울은 살을 에는 듯한 찬바람 때문에 이가 시리기까지 하다. 계획으로는 한 시간 정도 걷다 들어오려고 했지만 30분 정도만 돌고 돌아왔다. 갑자기 닥친 추위 때문인지 공원은 인적이 없고 강아지를 산책시키는 모습도 보이지 않았다. 집으로 돌아오는 길에는 콧물이 흐르기 시작한다. 그야말로 정신이 번쩍 드는 날씨다. 정신 못 차리게 추운 날이나 무기력하게 더울 때는 사람을 단순하게 만들어서 좋다. 다른 생각들이 끼어들 틈이 없는 것이다. 그 순간은 오로지 추워서 몸을 따뜻하게 만드는 일밖에는 생각나지 않는다.

나는 춥고 배가 고팠다. 춥고 배고픈 것보다 슬픈 일이 있을까?

집에 오자마자 손을 씻고 어제 끓여놓았던 소고기 뭇국과 김치전을 먹기로 했다. 작은 뚝배기에 국을 먹을 만큼 담고 팔팔 끓인다. 소고기 뭇국이 보글보글 끓어오르는 모습을 보면 몸과 마음이 함께 따뜻해진다. 국을 끓이는 동안 프라이팬에 김치전을 살짝 굽는다.

추운 데서 덜덜 떨다가 먹는 따끈한 소고기 뭇국의 맛은 비교 대상이 없을 것 같다. 입안을 델까 조심해서 천천히 국을 먹으니 조금씩 체온이 오르는 것을 느낀다.

후식은 원두를 갈아서 방금 내린 커피와 말랑한 호두과자다. 혼자 소소한 점심을 먹으니 포만감과 함께 겨울 추억들이 밀려 들어온다.

어릴 적 놀았던 겨울 놀이들이 생각난다. 겨울방학이 되면 나와 동생들은 시골 외할머니댁에 가서 즐겁게 지냈다. 그때 시골 아이들은 한겨울에도 밖에만 나가면 많았다.

동네 어귀에 모여 눈이라도 펑펑 내리는 날에는 눈덩이를 얼굴에 맞아도 눈싸움을 열심히 하고, 눈사람도 만들었다. 큰 눈사람을 만들려고 눈을 굴리기도 했다. 크게 만들기 위해서는 친구들과 함께 힘을 모아 굴려야 해서 기술이 필요하다. 더 큰 눈덩이는 아래쪽에 작은 것은 위에 얹는다. 이제부터가 시작이다. 눈사람에게 생명을 불어넣는 것이다. 눈은 단추나 작은 돌멩이를 박아 넣을 때도 있다. 코는 가느다란 나뭇가지나 오랫동안 빨아 먹던 엿가락을 꽂는 아이도 있었다. 입은 나뭇잎이나 진흙을 웃는 모양으로 그렸다. 울고 있는 눈사람의 입은 본 적이 없다. 모두 행복하게 놀았기 때문일까? 어떤 아이는 집에서 엄마의 목도리를 가지고 나와 눈사람에게 둘러주기도 했다.

아! 그때의 즐거운 뿌듯함은 참 순수한 동심 자체였다. 아이들은 온몸에 눈이 묻어 있고 고개를 젖히고 눈을 받아먹기도 했다. 지금도 맛이 기억난다. 깨끗한 맛이었다. 지금은 환경오염이 되어서 그때처럼 입을 크게 벌리고 눈송이를 받아먹을 수 없다.

경사진 산비탈에서는 쌀 포대나 비닐 포장지를 엉덩이 밑에 깔고 미끄럼을 타며 다람쥐처럼 날아다녔다. 친구나 형제와 같이 타기도 하면서 넘어지고 까지고 다치는 일이 다반사였다. 무릎에서 피가 나도 집에서 대충 씻고 빨간 물약을 바르면 다 나았다.

언 논둑에서는 연날리기도 했다. 하늘을 힘차게 날아다니는 연을 바라보면 시원한 겨울바람이 상쾌했다. 아이들은 겨울에도 많이 뛰어놀았다. 동네 강아지처럼 뛰어놀던 아이들이 집으로 돌아오면 뜨끈뜨끈한 아랫목이 기다리고 있었다. 아버지의 밥그릇은 가장 따뜻한 자리에 놓여 있었고 우리는 밥을 넘어뜨리지 않기 위해 조심해야 했다. 벗어놓은 양말에서도 김이 모락모락 피어올랐다. 양은 쟁반에 놓여 있는 바삭한 누룽지와 얼음이 살짝 떠 있는 동치미는 시골의 겨울 간식이었다.

그렇게 간식을 먹고 나면 만화책을 돌려가며 읽었다. 유난히 공주와 왕자가 나오는 순정 만화책을 좋아했다. 이야기도 좋지만 예쁜 공주의 멋진 드레스를 보는 것이 커다란 즐거움이었다. 만화책을 보다가 심드렁해지면 공기놀이를 했다. 어릴 때의 공기놀이는 손가락과 손바닥의 놀림도 중요하다. 집중력과 끈기와 인내심이 요구되는 놀이이다.

생각해보니 겨울 놀이가 다양하다. 지금 아이들은 눈이 와도 눈싸움을 할 수 없다. 학교가 끝나면 학원에 가기 때문에 온라인 게임으로 해야 한다.

겨울 이야기를 소환하느라 커피가 식어 따뜻하게 더 따른다. 그때 같이 눈을 굴리던 아이들은 어디선가 나처럼 중년의 고비를 넘고 있겠지….

눈이 많이 내리면 눈오리 만드는 도구로 눈사람이 아닌 눈오리를 만들어봐야겠다.

이번 크리스마스는 화이트 크리스마스가 될 것 같다고 하니 정말 기다려진다.

5
31
억
원

푸른 용의 해가 밝아왔다. 새해를 맞아 사람들은 올해의 꿈에 대해 생각하며 소원이 성취되기를 기도한다.

내 생활은 굴곡이 없고 작은 우물처럼 변함이 없기에 새해라고 해서 특별한 소원이 떠오르지 않는다. 그냥 가족이 건강하고 무탈하기를 바랄 뿐이다.

며칠 전 TV에서 31억 원의 로또 당첨금을 찾아가지 않은 일에 대한 뉴스를 보았다. 작년까지 그 돈을 찾아가지 않으면 자동으로 국고에 환수된다고 했다. '로또에 당첨된 사람이 돈을 찾아갔을까?' 하고 궁금해진다. 내가 안타까운 마음이 들었다. 무슨 일이 바빠서 1년이 다 가도록 당첨금을 찾아가지 않은 것일까? '로또를 주머니에 넣어두었다 잃어버린 것일까? 지갑에 소중하게 넣어두었는데 지갑을 통째로 흘린 걸까? 갑자기 교통사고를 당해 병원에 입원해서 로또 산 것을 기억하지 못하는 것일까?' 온갖 추측을 해본다.

지금 세상은 돈이면 다 되는 듯한 세상이고 갑 중의 갑이 아닐 수 없다.

'만약에 그 돈을 안 찾았으면….'

사람들에게 31억 원의 로또가 당첨되었을 때 그 돈으로 무얼 하고 싶냐고 묻는다면 뭐라고 대답할까?

빚을 진 사람은 빚 갚는 데 쓰고, 집이 없는 사람은 새 집을 장만할 것이고, 차에 욕심이 있다면 멋진 새 차를 살 것이다. 해외여행을 가고 싶은 사람은 세계여행을 가는 항공권을 살 것이다. 몸이 아파도 수술할 돈이 없었던 사람은 수술 날짜를 잡게 될 것이고, 갑자기 벼락부자가 되면 망하게 되어있다는 말에 귀를 기울여 자선단체에 기부하는 사람도 있을 것이다. 저마다 다른 것을 소망하는 모습들이 떠오른다.

덕분에 나도 즐거운 상상을 해본다. 내게 31억 원이 굴러 들어온다면! 도심에서 조금 벗어난 3층짜리 건물을 사고 싶다. 1층에는 그림과 책을 판매하고 차도 마실 수 있는 카페를 차리고, 2층은 멋진 풍경을 보면서 그림을 그리고 글을 창작할 수 있는 작업실로 꾸미고, 3층은 살림집으로 만들고 싶다. 옥상으로 가는 계단을 올라가서 하늘과 달과 별을 볼 수 있는 멋진 테라스를 연출할 것이다. 주차장도 넓게 만들어 관람하러 온 사람들이 편하게 볼 수 있도록 하고 싶다. 장소는 호수 근처면 좋겠다. 산책도 하고 작품 구상도 할 수 있으면 더 좋겠지…. 로또에 당첨되었다는 상상만으로도 기분이 좋아진다.

여름에는 시원하고 겨울에는 따뜻한 작업실이면 얼마나 좋을까? 몇 년 전 작업실을 얻으러 돌아다닌 적이 있었다. 경치 좋은 호수 근처의 공간은 가격이 너무 비싸서 돌아서야 했다. 현실의 작업실은 겨울에 추워 눈사람처럼 옷을 껴

입고 두꺼운 양말을 겹쳐 신어야 한다. 예술의 길은 참 춥고
거칠고 험하고 외롭다.

　만약에 건물을 사고도 돈이 남는다면 아주 비싼 외제 차
를 사고 싶다. 몇 해 전 인사동 좁은 골목에서 운전하고 있
는데 맞은편에서 오토바이와 고급 외제 차가 그 뒤로 오고
있었다. 그 장소는 좁은 도로이고 교통법규를 답답할 정도
로 지키는 나는 일방통행이라는 표지를 확인하고 서행하고
있었다. 당연히 오토바이와 외제 차가 반대 방향으로 잘못
들어선 것이었다.

　조금의 공간이 생겨서 그들이 한쪽으로 비켜주는 줄 알았
다. 그러나 황당하게도 오토바이 운전하는 아저씨는 나에게
다짜고짜 화를 내면서 얼른 옆으로 빼라고 했다. 내 방향이
맞는 일방통행로라고 했지만, 욕을 하면서 빨리 비키라고
소리를 질렀다. 더 화가 나는 건 그 뒤의 외제 차였다. 둘의
실랑이를 보며 당연한 듯이 조금씩 다가왔다. 한낮이었지
만 혼자서 공포를 느꼈다. 그 자리에서 '경찰을 부를까?' 하
고 잠깐 생각했지만 일이 급해서 내가 피해주고 말았다. 지

금도 그때 생각을 하면 공포와 화가 함께 밀려온다. 만약 으리으리한 외제 차를 타고 있었으면 오토바이 아저씨가 내게 그렇게 대했을까?

3층 건물과 비싼 외제 차 정도면 31억 원을 다 쓸 수 있을까? 새해 즐거운 상상의 나래를 펴보니 갑자기 허기가 몰려왔다.

어제 사 온 팥앙금이 가득 든 커다란 찐빵과 식혜가 생각났다. 시장의 포장마차에서 산 쿰쿰한 냄새가 나는 달고 따뜻한 찐빵과 차가운 식혜를 유리컵에 따라 마신다. 찐빵 한 입과 단 식혜를 즐기며 31억 원이 뇌리에서 떠나지 않았다.

그러나 아쉽게도 난 로또에 당첨될 확률이 없다. 왜 그러냐 하면 로또를 사지 않기 때문이다. 예전에는 재미로 몇 번 샀었는데 가장 크게 당첨되었던 금액이 5천 원이었다. 애초에 내 삶에는 노력 안 하고 오는 행운은 없는 것 같다. 남들은 쉽게 되는 일도 열심히 해야 하는 일이 많았기에 헛된 욕심을 부리지 않게 되었다.

뉴스에서 본 31억 원의 꿈을 잠시나마 꾸어보는 것으로 만족한다.

　　그래도 만약에 꿈에 커다란 청룡이 나타난다면 로또를 사지 않을까?

〈달의 노래, 20f, mixed media, 2019년〉

6

막
걸
리
와

해
물
파
전

한파주의보가 내려진 영하 15도의 매서운 추위다. 쨍한
겨울의 차가운 공기는 뺨을 금세 얼려버린다. 버스로 오르
는 몸짓이 둔하다. 털모자, 긴 점퍼, 털부츠, 장갑, 온통 털
에 뒤덮여서 버스에 오르려니 둔해진 것이다.

버스나 기차 창가에 매미처럼 붙어 서서 바깥 풍경을 바
라보는 것을 좋아한다. 이어폰을 챙기지 않아 음악을 들을
수는 없지만 차와 사람들의 풍경이 가깝게 와 닿는다.

창밖을 보니 나처럼 긴 털옷을 입고 빠른 걸음으로 건널목을 지나는 사람, 유모차에 강아지를 앉히고 걷는 사람, 등산복 차림의 아저씨도 모두 걸음이 빠르다. 이런 날씨에는 나도 모르게 걸음이 빨라진다. 기온은 어제보다 낮지만 찬바람이 덜 불어서인지 체감온도는 비슷하게 느껴진다.

옆 차선에 막걸리를 운반하는 트럭의 커다란 막걸리 광고가 눈에 들어왔다. 막걸리의 색깔이 우유처럼 하얗고 맛있어 보인다. 일부러 광고 효과를 내기 위해 더 맛있게 보이는 색깔로 칠했을 것이다. 막걸리를 좋아하는 것은 아니지만 맛있는 안주가 있다면 얘기가 달라진다.

저녁에 친구들과의 약속이 있어서 그런지 막걸리 안주를 떠올려본다.

예전에는 논과 밭에서 일하던 농부들이 새참과 막걸리를 마시곤 했을 것이다. 고된 노동에 시원한 막걸리를 마시면 요새 직장인들이 아침에 출근해서 마시는 아이스 아메리카노의 맛과 비슷하려나? 골프장에서 9홀을 돌고 난 후 휴식시간에 매점에서 사이다와 막걸리를 섞어 마시면 초록빛의 자연이 즐거워진다.

비라도 추적추적 내리는 날에는 쪽파에 해물을 예쁘게 돌려서 해물파전을 만든다. 매콤한 맛을 원하면 매운 청양고추를 송송 썰어 넣는다. 넓적하고 둔탁한 옹기 접시에 전을 담으면 그제야 막걸리 생각이 나서 동네 슈퍼에 사러 간다.

두꺼운 돌판 위에 들기름을 많이 붓고 열기가 올라오면 소금과 후추로 밑간을 한 두부를 던져 지진다. 두부의 품질이 좋아야 맛이 있다. 두부 부침개도 막걸리를 생각나게 한다.

돼지고기 수육과 갓 담근 겉절이도 잘 어울린다. 돼지고기에는 기름이 적당히 있어야 촉촉한 수육이 된다. 살 뺀다고 기름이 없는 고기로 수육을 했었는데 종이를 씹는 듯하고 맛이 없었다. 수저 위에 잘 익은 수육 한 점, 겉절이 한 개, 새우젓을 올리고 막걸리 한 모금을 들이켜면 속이 든든하면서도 행복하다.

홍어도 빠질 수 없다. 지금도 삭힌 홍어 맛을 이해하지 못한다. 비린내 같기도 하고 썩은 것 같기도 하다. 맛을 알려면 80살은 되어야 하는 걸까? 홍어 삼합도 먹어보았지만 잘 모르겠다. 그래도 조금 가벼운 맛의 새콤달콤 매콤한 빨간 홍어 무침은 좋아한다. 향긋한 미나리를 얹으면 시원함이 더해진다.

또 도토리묵 무침이 있다. 묵이 맛이 좋아야 한다. 간장, 설탕, 참기름, 파 등이 양념장으로 들어간다. 상추, 깻잎, 채 썬 당근도 있어야 하지만 묵이 맛이 없으면 양념과 채소로 아무리 버무려보아도 소용이 없다. 맛있는 도토리묵은 쫄깃 하면서도 야들야들하고 부드러워야 한다. 담백한 도토리묵 과 막걸리의 조합은 부담감이 없고 소화도 잘되고 편안하다.

이렇게 막걸리 안주에 관한 이야기를 하다 보니 버스에서 내릴 때가 되었다.

막걸리에 어울리는 안주처럼 사람과 사람들의 관계 속에 서 궁합이 잘 맞는 사람이 있다. 피자와 막걸리처럼 안 맞는 사람들의 궁합도 있다. 옛날에는 안 맞는 사람과도 친하게 지내려고 노력했다.

문화, 생활, 취미, 종교 등의 일들을 함께 공유하려고 했 지만 정말로 어려운 일이었다. 시간이 지나면서 안 맞는 사람과 억지로 맞추려 말고 그 시간에 마음 맞는 사람들을 만나는 일이 좋은 선택이라는 것을 배웠다. 사람들은 어떻게든 선택을 하며 살아가야 한다.

오늘 저녁 모임에는 전집에 가서 방금 부쳐낸 해물파전과 막걸리를 먹자고 말해봐야겠다. 입맛이 모두 다르니 제안이 받아들여질지는 모르겠다. 만약 다른 장소로 정한다면 이런 날에는 뜨끈한 국물과 어묵을 건져 먹으며 따뜻한 술 한잔을 마실지도 모른다.

무엇이 중요한가!
이런 한파에 약속 깨지 않고 막걸리와 해물파전처럼 궁합이 맞는 친구들을 만나 술 마시는 데 의미가 있을 것이다.
막걸리를 마시고 돌아오는 밤하늘에는 친구인 달과 별을 만날 수 있을까?

7

변
기
에

앉
아
서

    아침의 햇빛이 밝아오면 일어나 습관처럼 먼저 물을 마신다. 한 컵에서 두 컵 정도 마신다. 밤새 잠들었던 위와 내장을 깨우는 일이라고나 할까? 평소에도 워낙 물을 많이 마시기도 하지만 그 이유는 화장실에 가기 위해서다. 잠시 후 신호가 오면 안경과 신문을 가지고 화장실로 들어간다. 이제부터는 해우소의 시간이다. 화장실 변기에 앉아서 근심과 걱정을 덜어내고 밀어내는 중요한 시간이다.

    친구들과 이야기를 해보면 변비 때문에 고생하는 일들이

생각보다 많다. 김치, 고구마, 물을 많이 먹어보라고 했지만 해결되는 문제가 아니다. 며칠씩 변을 못 보는 사람들의 고통을 알지는 못하지만 힘든 상황이라는 것은 느낄 수 있다. 약국에서 변비약을 사 먹는 일도 많다고 한다. 계속 고통이 이어지다 심해지면 치질 수술을 받는 사람도 있다.

젊었을 때는 '화장실 가는 일이 무슨 큰일인가?' 싶었지만 중년을 넘어가는 지금은 큰일이라는 사실을 절감한다. 그래도 스트레스를 받는 일만 생기지 않으면 하루에 한 번은 가는 편이니 얼마나 다행이고 고마운 일인가!

사람들의 욕심은 바다와 같이 한도 끝도 없다. 더 넓은 집, 비싼 차, 명품 옷, 화려한 액세서리, 어마어마한 돈을 채우고 채워도 부족하다며 욕심을 부린다. 그 욕심의 방이 채워지고 나면 또 다른 새로운 방을 채워야 직성이 풀리는 것이다. 나 또한 마찬가지다. 작은 평수의 아파트보다 큰 평수의 아파트를 둘러보게 되고 더 비싸고 좋아 보이는 자동차를 사고 싶어서 온라인 자동차를 기웃거려보기도 했다.

그러나 몇 년 전부터 세계여행을 다니기 시작하면서 욕심의 형태가 달라졌다. 외국인들이 사는 모습을 보니 돈이 없어도 여유롭고 평화롭게 서로 배려하며 살아가고 있었다. 정작 사람에게 필요한 건 배를 채울 수 있는 한 끼의 음식, 내 한 몸 누울 수 있는 잠자리, 편한 옷과 운동화 한 켤레, 그리고 화장실만 있으면 된다고 생각했다. 먹고 자고 배설하는 일의 단순함이 해결되면 더 이상의 욕심은 사치다.

　　나의 욕심의 형태는 더 넓은 아파트, 비싼 차가 아니라 사랑하는 사람들과 여행을 통해서 아름다운 추억과 행복한 기억을 마음속 방에 저장하는 것이 되었다. 풍경이 아름다운 장소에 가고 맛있는 음식을 먹고 편안한 곳에서 잠을 자면 행복하다고 느끼게 된 것이다. '사는 게 뭐 별건가!' 하고 혼잣말을 하면서 추억을 떠올려본다.

　　냉장고에 붙어 있는 세계 여행지에서 산 아기자기한 자석들의 그림을 보고 있으면 참 흐뭇해진다.

　　지하에 시커멓게 동굴처럼 꾸민 이탈리아 화장실, 갤러리처럼 아름다운 풍경화가 걸려 있던 파리, 크리스마스 장식품들이 창가에 걸려서 나부끼던 독일, 휴지가 떨어졌다며 친절하게 휴지를 건네주던 아주머니가 생각나는 스페인, 넓었던 필리핀의 보홀, 청결하고 정갈한 일본, 창가에 소원을 적은 풍등이 날아가던 대만의 화장실 등이 생각난다. 이렇게 여러 나라의 화장실을 떠올려보니 그 나라의 문화와도 밀접한 관계가 있는 것 같다.

외국 여행을 다녀보니 우리나라가 얼마나 문화적으로 훌륭하고 잘사는 나라가 되었는지 실감하게 된다. 화장실의 모습을 보면 그렇다. 백화점이나 복합 상가에는 층마다 깨끗한 화장실에 비데를 사용할 수도 있다. 휴지가 상시 갖추어져 있고 거울을 보며 화장을 고칠 수 있는 의자도 있다. 동네 시장에 가도 화장실이 있고 깨끗하다. 예전보다 화장실 문화가 많이 좋아지고 그만큼 국민의 의식 수준이 높아졌다. 새로 생긴 쇼핑몰에는 강아지 변을 처리하는 방이 따로 만들어져 있기도 하다.

그중에서도 정이 가는 것은 옛날 시골 할머니댁에 있던 할머니 방의 요강이다. 할머니 방 가장자리에 노란색의 달을 닮은 요강이 있었다. 어린 나는 무서워서 밤에는 먼 곳에 있던 화장실을 갈 수 없었다. 일을 보면 할머니께서는 기다렸다가 요강을 씻으셨다. 지금도 가끔 마당 수돗가에 쪼그리고 앉아서 요강을 씻어내시는 할머니의 뒷모습이 떠오르곤 한다.

변기에 앉아서 대충 신문을 보고 오늘 할 일을 생각한다. 어떤 항문외과 의사는 변기에 너무 오래 앉아 있는 것은 좋지 않다고 한다. 그러나 현대인들이 진정으로 혼자서 마음 편하게 있을 수 있는 장소는 화장실이 아닐까? 혼자만의 온전한 공간을 잠시나마 누릴 수 있다. 그래서 점점 아름다운 화장실이 더 많아지나 보다.

오늘의 가장 큰일을 마쳤으니 이제는 변기에서 일어날 시간이다. 개운한 하루가 시작되었다.

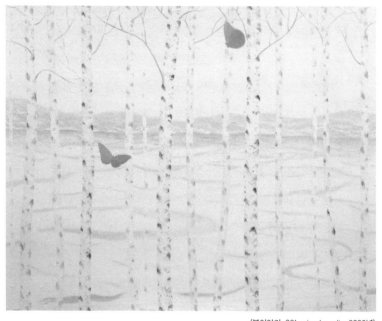

〈봄이야기, 30f, mixed media, 2020년〉

8

머
리
를

감
겨
주
는

남
자

처진 머리카락을 살려보려고 파마를 하기 위해 동네 미용실 예약을 했다. 젊을 때는 머리를 가만히 놔두지 않았다. 다른 사람의 머리가 예뻐 보이면 꼬불꼬불하게 파마했다. 며칠이 지나 지겨워지면 폈다가 잘랐다 길렀다 하며 변화의 무한 반복을 했었다. 지금 생각해보면 머리가 예뻐 보인 것은 그녀의 얼굴이 작고 예뻐서 그런 것이었다. 얼굴이 예쁜 여자는 사실 아무 머리 스타일을 해도 잘 어울린다. 그때 그 사실을 미리 알았더라면 머리카락의 희생과 비용의 지출을 줄였을 텐데….

　사춘기 때 자주 가던 동네 빵집의 언니를 동경했었다. 깔끔한 단발머리가 잘 어울리던 세련된 언니를 보기 위해 빵집을 자주 갔었다. 반기는 기색도 없었는데 그 언니처럼 예쁜 얼굴과 머리 모양을 닮고 싶었다. 자주 가서 먹은 빵 덕분에 얼굴은 더 커졌었다. 한때의 작고 어린 시절의 추억이다.

　이제는 더우면 머리를 묶고 감은 날에는 풀고 하면서 최소한으로 변화를 준다. 어떤 때는 늙었다는 사실이 편할 때도 있다. 아무리 가꾸려고 해도 늙은 얼굴과 흰머리 나는 것은 어쩔 수 없다는 것을 안다.

　우리 동네는 신기한 점이 하나 있다. 몇 발자국 걸을 때마다 미용실이 보이는데 몇 년이 지나도 폐업하는 곳이 보이지 않는다. 아파트와 주택이 몰려 있는 동네라 그런 것일까? 조금의 의심도 없이 사람이 죽음을 피할 수 없는 것처럼 머리카락이 자라는 것을 피할 수 없기 때문일까? 길고 긴 머리를 고집하지 않는다면 미용실에 가서 머리를 잘라야 한다. 몇 년 전에 혼자 해보겠다며 앞 머리카락을 잘랐었다. 한동안 삐딱하게 잘린 앞머리가 자랄 때까지 모자를 쓰고 다녀야 했다. 세상에 쉬운 일이 없다. 쉬운 일이라고 생각했던 머리 자르는 일은 아무나 하는 일이 아니다. 다음부터는 미용실에서 일하는 분들을 다시 보게 되었다

　미용실의 헤어디자이너님은 가운을 주고 가방을 사물함에 넣고 열쇠를 건넨다. 미리 생각했던 머리 모양을 설명했다. 그리고 "최대한 굵게 오래가도록 해주세요."라는 말을 잊지 않는다. 파마하기 위해 서너 시간은 꼼짝없이 앉아서 몇 번 머리를 감다가 말리면서 기다려야 한다. 언젠가부터 파마하는 일이 고생스럽게 느껴졌다. 오래 기다리는 일에 점점 지치는 것이다. 머리를 조금 자르고 파마 약을 바르고 있다가 감기 위해 샴푸 하는 장소로 간다. 의자에 앉아 머리를 젖히면 세면대에서 머리를 감겨준다. 미온수로 먼저 약을 씻어내고 디자이너님이 샴푸를 해주신다. 손놀림이 부드럽고 유연하다. 섬세하면서도 머리 구석구석 정성껏 감겨준다. 또 손가락 끝으로 마사지를 해주신다. 봄 나비가 꽃밭으로 날아들

듯이 기분이 나른해지는 느낌이 들었다. 젊은 남자 디자이너 님의 손놀림이 이렇게 솜사탕처럼 부드러울 수가!

갑자기 1985년에 제작된 〈아웃 오브 아프리카〉라는 미국 영화의 여자 주인공이 된 기분이 들었다. 아프리카의 아름 다운 들판에서 로버트 레드퍼드가 사랑하는 여자 메릴 스트 리프의 머리를 감겨주는 장면으로 들어간 것이다. 모차르트 의 클라리넷 협주곡 2악장이 흐르면서 그 여자는 얼마나 행 복에 젖었을까! 그 장면과 영화음악이 얼마나 아름다웠는지 머리 감기는 장면을 오래도록 잊을 수가 없었다. 감동이 솜 사탕 같은 샴푸를 받으면서 떠오른 것이다.

불행히도 여태껏 사랑하는 사람이 머리를 감겨준 적이 없 다. 그러나 버킷 리스트처럼 죽기 전에 한 번은 해보고 싶다.

"자리로 이동하세요." 하는 디자이너님의 마른 목소리를 듣고 메릴 스트리프가 아닌 나로 다시 돌아왔다. 거울에 비 친 얼굴에는 흰 머리카락과 함께 이마에 쭈글쭈글 주름이 그어져 있다. '이번 생에는 틀린 것일까?'

고개를 옆으로 돌리니 미용실에는 도구들이 보인다. 여러 종류의 머리빗, 저마다 다른 크기의 드라이기, 가위들, 머리 비닐, 파마 약품, 헤어크림, 로션, 가운, 바퀴 달린 가전제품 등이 눈에 들어왔다.

옆자리 바닥에는 손님이 남기고 간 머리카락이 보인다. 버려진 머리카락의 모습이 왠지 쓸쓸하게 느껴진다.

세 시간 동안 머리에 롤을 말았다가 풀었다가 뜨거운 기계로 열을 주었다가 다섯 번의 샴푸와 말리기 등의 과정이 참 복잡하고 많다.

커피를 마시며 잡지를 넘기기도 하고 졸기도 하고 다른 손님의 머리를 관찰하기도 하고 어려 보이는 손님의 잔잔한 수다를 듣기도 했다. 창밖으로 지나가는 노인의 머리 스타일을 구경하기도 하면서 시간을 보냈다. 미용실에 앉아 있으니 온통 사람들의 머리만 보인다.

드디어 파마가 완성되었다. 오래오래 머리의 컬이 풀리지 않을 것처럼 아주 꼬불꼬불하다. 마음에 든다. 계산하고 디자이너님에게 인사를 하고 나온다.

며칠 후면 봄바람이 머리카락을 가르면서 벚꽃처럼 다가올 것이다. 예쁘게 파마도 했으니 친구와 김밥을 싸서 소풍이라도 가자고 해야겠다.

발명가가 헤어디자이너님처럼 부드럽고 섬세하게 머리를 감겨주는 로봇을 발명하면 좋겠다. 〈아웃 오브 아프리카〉의 메릴 스트리프를 꿈꾸기보다 그편이 더 빠를 것 같기 때문이다!

9

수
국
치
잔

오랜만에 시내의 번화가로 외출을 나왔다. 어깨에 멜 수 있는 크로스 가방을 사기 위해서다. 집에 있는 가죽 가방은 무게 때문에 어깨가 편하지 않다. 예쁘고 가벼우면서 편하고 저렴한 가방이 있는지는 모르겠지만 일단 배를 편안하게 만들어주기로 했다. 배고픈 상태에서 쇼핑하면 계획에도 없던 화장품이나 모자나 케이크를 산다. 그리고 집에 가서 후회한다.

그래도 나이 들어서는 후회할 일들이 젊었을 때보다 적

다. A의 행동을 하게 되면 B가 된다는 것을 조금은 아는 것이다. 그것이 좋다고도 나쁘다고도 할 수 없는 이유는 온갖 변명들이 떠올라서 용기가 사라지는 것이다.

가끔 가는 잔치국수 가게는 저렴하면서도 맛이 있고 양이 많다. "숙주 잔치 하나요." 하며 주문을 하고 창가에 길게 서 있는 테이블 의자에 앉는다. 여기는 키오스크가 없어서 좋다. 기계치인 나는 기계 앞에만 서면 신경이 날카로워진다. 축축한 겨울비가 창으로 내리면서 긴 곡선을 그리고 있다. 밖에는 광고 현수막들이 비바람에 춤을 추고 있지만 가게 안은 국수 삶는 열기와 만두 찌는 공기와 사람들로 인해 따뜻하다.

좁은 가게 안에는 많은 사람이 맛있는 국수를 먹기 위해 줄을 서서 기다린다. 사람들의 수다 소리가 갑자기 시끄러워지면서 시장 한가운데처럼 정신이 없다. 창밖의 비 내리는 풍경을 보다가 '수국치잔'이라는 글씨가 눈에 들어온다. 잔치국수 글씨를 창밖에서 보면 잔치국수라 보이고 안에서 보면 수국치잔으로 보인다. 재미있는 단어가 되었다. '수국치잔'이라는 말…. 김 서림으로 인해 창문은 뿌옇다.

국수를 기다리며 뿌연 창문에 손가락으로 나무와 눈송이를 그려넣었다. 그려진 눈송이가 나부끼는 풍경화를 반찬 삼아 숙주 잔치국수를 먹기 시작한다.

오래전 어린 딸과 기차 여행을 했던 추억이 수증기처럼 올라온다. 딸에게 뿌연 창문에 그림을 그려주었더니 신기한지 열심히 따라 그렸다. 우리는 사람, 강아지, 꽃, 무지개, 집, 구름 등을 그렸던 것 같다. 딸이 즐거워하는 얼굴을 보니 행복이 다가왔다.

소녀였을 때 서울에서 친구들을 만나고 돌아오는 전철 안의 김 서린 창문이 생각난다. 여러 명의 친구를 함께 만나고 돌아오는 전철에서 우연히 혼자 짝사랑하던 남자애를 만나 함께 서서 뿌연 창문을 보았다. 무언가를 그린답시고 창문에 끄적거리고 대화를 나눈 것 같은데 기억나지 않는다. 그저 어리숙하기만 했던 작은 기억 속에는 비가 참 예쁘게도 내렸던 창문밖에 없다.

목욕탕 안 거울에서 보는 김 서림의 모습은 조금 씩씩하다. 꼭 때를 밀어야 하는 것도 아니면서 거울을 보며 구석구석 때를 열심히 밀어댄다. 한국 사람들은 워낙 부지런해 목욕탕 안에서도 바쁘다.

추운 데에서 따뜻한 장소로 들어가면 안경에 뿌옇게 김 서림이 생기고 앞이 잘 보이지 않는다. 한때 얼굴이 작아 보이고 싶어서 커다란 뿔테 안경을 쓰고 다닌 적이 있었다. 그러나 안경이 큰 도움을 주지는 못했다. 아무리 거울을 보아도 내 얼굴은 갸름한 계란형이 아니다.

김 서림이 도움을 줄 때도 있다. 슬픈 영화를 보며 울고 싶을 때, 사람들에게 들키고 싶지 않을 때, 앞이 안 보이는 뿌연 안경 속 눈물도 빗물처럼 시원해질 때가 있다.

열심히 국수를 먹었지만 다 먹지 못했다. 어느새 창문에 그린 나무와 눈송이가 다 흘러버렸다. 너무 빠르게 흘러버린 긴 물길이 인간의 짧은 생처럼 느껴진다. 국수를 먹는 사이 가버린 인생의 무심한 물방울….

국수 가게를 나서니 우산 속으로 찬 비바람이 훅 들어온다.

이제는 배가 편안해졌으니 어깨가 편하고 싸고 예쁜 가방을 사러 가야겠다.

겨울비 내리는 날에 수국치잔과 함께 따뜻한 하루가 흘러가고 있다.

10

나
의

버
킷

리
스
트

'죽기 전에 하고 싶은 일을 적은 목록'이 버킷 리스트의 뜻이라고 한다. 사람마다 손가락의 지문처럼 소망하는 것은 모두 다르다. 나의 버킷 리스트도 몇 가지 있지만 그중 한 가지가 글램핑해보기다. 소원이라고 하기에는 소박하다.

중년을 지나서 화살처럼 지나가는 시간을 느끼니 허무하게 느껴졌다. 글램핑을 하지 않을 이유는 여러 가지다. 시간이 없어서, 날씨가 아직은 추워서, 쓸데없이 돈을 쓴다는 생각이 들어, 텐트가 더러우면 어쩌나! 가족들의 식사는 어떻게 하나? 등의 이유로 인해 사람들은 안 되는 경우의 수를 생각한다.

나 또한 그런 이유로 글램핑을 가자는 친구의 전화를 받고 조금은 망설였다. 그 친구는 가족과 텐트를 가지고 다니면서 여행을 자주 즐긴다. 이번에는 더 미루고 싶지 않았다. 미루면 그 이유 말고도 다른 일이 생겨 글램핑을 못 갈 것 같기 때문이다. 그래서 용기를 내어 버킷 리스트를 실천해 보기로 했다.

TV에서 보는 텐트 안에 침대, 의자, 주방 기구가 멋지게 차려져 있는 글램핑장은 가격이 비싸다. 그래서 친구들과 근처의 캠핑장으로 가기로 했다. 규모도 작고 시설이 훌륭한 것 같지 않아도 예약하는 일은 하늘의 별 따기만큼 어렵다. 다행히 컴퓨터를 빨리할 줄 아는 친구가 예약에 성공할 수 있었다. 어렵게 예약한 장소니 비가 오든 눈이 오든 가야만 한다. 집과 가까워서 딸은 "엄마 추우면 집에 와서 자고 가."라고 할 정도다. 가깝다고 무시할 건 없다. 산과 나무와 작은 냇물도 흐른다. 역시 시작이 반이라고 하는 말이 맞나

보다. 망설이던 일이 시작을 하고 나니 일사천리다. 글램핑장은 덩그러니 텐트만 쳐져 있다. 이불, 그릇, 먹을 것 등을 모두 가져와야 한다. 다행히 바닥 난방을 할 수 있다. 갖가지 걱정들이 떠오른다. 밤에 너무 춥지 않을까? 다음 날 비가 온다는데 이불까지 젖으면 어쩌지? 산짐승이나 뱀이 기어다니는 건 아닐까? 사람들이 미리 걱정하는 일 중에 정말로 생기는 사건은 1%도 안 된다고 한다.

　최소한으로 준비를 한다고 해도 장비는 참 많다. 네 명의 이불, 수건, 돗자리, 랜턴, 코펠, 고기, 과일, 채소, 빵과 도넛, 맥주, 생수 등을 옮기려니 힘이 들었다. 우리는 중년을 넘어선 아줌마들이기 때문이다. 텐트로 가는 길에 짐을 실을 수 있는 수레가 있었다. 그 수레에 짐을 넣고 함께 밀면서 산을 오른다. 도착해서는 짐을 하나씩 풀고 정리하고 숲을 산책한다. 깊은 강원도의 숲속처럼은 아니지만 그래도 즐겁고 행복하다. 키가 큰 소나무에 걸린 낮달을 보며 돌계단을 걸으며 소소한 이야기를 한다. 심각한 주제는 피한다. 이렇게 좋은 장소에 와서는 편안한 이야기만 해야 할 것 같다. 오르다 힘들면 그늘막이 있는 의자에 앉아 쉬다가 다시 천천히 숲을 오른다.

친해지면 친해질수록 좋은 것이 숲이라고 느껴진다. 사람들과의 친분은 따져보고 생각해야 할 일이 많다. 이런 말을 하면 다른 사람에게 옮기지 않을까? 좋은 의미로 말한 건데 오해하는 일도 있고 화를 낼 때도 있다. 그러나 숲은 그런 의심을 하지 않아도 되는 믿음직한 친구다. 지금같이 험난한 바깥세상에 '믿음'이라는 게 얼마나 귀한 단어인가!

우리는 한 시간 정도 산책하고 텐트로 돌아와 저녁을 준비한다. 각자의 역할이 다 있다. 누가 먼저 말을 하지 않아도 자기 할 일을 찾는다. 텐트 안을 정리하고 청소하는 친구, 채소와 과일을 씻어 오고, 그릇을 세팅하고 반찬을 나누어 놓고 컵과 맥주를 꺼낸다. 나는 마지막에 삼겹살 볶음밥을 할 것이다. 함께 식사하면서 맛의 차이는 누구와 먹느냐가 가장 중요하나 장소의 역할도 있다. 이런 숲속 한가운데서 삼겹살을 주물 판에 구워 먹는데 어떻게 맛이 없을 수가 있을까? 고기 굽는 판이 무거워 안 가져오려고 했는데 고민을 하다 챙겨왔다. 밥과 묵은지도 잘게 썰어서 잊지 않고 준비한다. 나무 주걱 두 개도 함께….

삼겹살이 맛있게 구워지는 냄새는 참 좋다. 맥주잔을 기울이며 이 시간을 즐긴다. 상추와 깻잎에 싸서 먹기도 하고 김치에 돌돌 말아서 먹기도 한다. 새송이버섯을 덩어리째 넣고 굽다 잘라 먹으니 고소하니 새로운 맛이 난다. 고기로 배를 채우고 나서 오늘의 하이라이트인 볶음밥을 할 시간이다.

일단 버너의 불을 끄고 남은 삼겹살 위에 밥과 묵은지를 넣어서 골고루 섞어준다. 간이 심심하다 싶으면 간장으로 맞추면 되는데 아차 간장을 잊었다. 골고루 섞어주고 불을 켜고 양손에 주걱을 쥐고 열심히 밥을 볶는다. 다른 생각할 틈이 없다. 양이 많으니 재빠르게 볶아야 한다. 어쩌면 하루 중에 가장 집중하는 순간이다. 마지막에 참기름을 듬뿍 뿌리고 친구가 맛을 본다. 합격이다. 이제는 약불로 줄이고 비닐봉지에 부순 김가루를 밥 위에 포슬포슬 뿌린다. 볶음밥이 먹음직스럽게 완성되었다. 불을 약하게 줄인 아래쪽의 밥은 꼬들꼬들하게 누룽지처럼 변할 것이다.

친구들은 맛있다며 잘들 먹었다. 즐거운 순간이다. 그렇게 열심히 음식을 만들었는데 맛이 없다면 의기소침해진다. 즐거운 식사를 마치고 설거지를 하는데 온수가 나온다. 깜짝 놀랄 일이다. 텐트 앞 개수대에서 따뜻한 물이 나오다니….

우리는 텐트 안에 모여 앉아 수다를 떨다가 한 자리씩 차지하고 잠을 청하기로 한다. 이곳에서 생각지 못한 복병은 화장실이다. 걸으면 몇 분 거리지만 내려가 다리를 건너서 또 오르막길을 오르면 여자 화장실이 나온다. 밤이 찾아오니 텐트 안에는 한기가 느껴진다. 바닥은 따뜻하나 공기가 차서 양말을 신고 겨울옷을 몸에 감고 잠을 잔다. 마치 아이들의 극기 훈련장인 것 같았다. 깊은 한밤중에 달을 보며 화장실을 찾아간다. 잠도 덜 깬 상태에서 보는 캠핑장은 낮과는 또 다른 신비한 느낌이다.

우리는 무사히 글램핑을 마쳤다. 모두 만족해하는 것 같다. 나도 너무 즐거운 글램핑이었고 버킷 리스트 중 하나를 해냈다는 성취감으로 행복했다.

숲이 다시 그리워지면 친구들과 글램핑을 할 것이다.

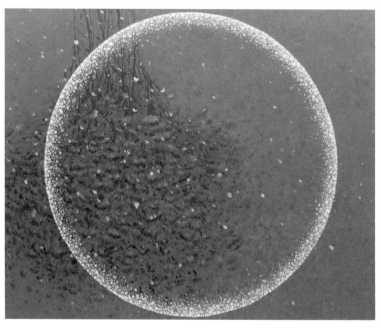

〈달의 노래, 100f, mixed media, 2019년〉

지도 선생님께서는 "이수애 씨 원고 좀 조금 가져와요. 너무 많아요." 하셨다. 바쁘신데 고맙게도 수필반 제자들의 원고를 보고 조언해주셨다. 나는 미친 사람처럼 원고를 많이 썼다. 선생님께 죄송한 마음이 들었지만 한 글자라도 배우고 싶은 간절함이 컸던 것 같다. 그리고 보면 내 무기는 간절함인가보다.

　중년에 시작했으니 너무 늦은 게 아닐까? 나이 들어서 무엇을 시작할 수 있을까? 하는 소리가 들릴 때도 있었다. 그럴 때마다 조금씩 나를 위로했다.

　간절함은 쌓인 원고로 대답해주었다. 2년 전까지만 해도 생각지도 못했던 출간을 꿈꾸게 된 것이다. 매일 출판사에 원고를 보냈다. 달걀로 아침마다 바위를 치고 있었다. 거의 8개월 동안이다. 점점 원고가 작아진다고 느낄 때 미다스북스에서 답장이 왔다. 무심히 깨진 달걀을 바라보다 받은 답장은 정말 반가웠다.

컴퓨터를 잘하지 못하는데도 세심하게 알려주신 편집자님께 감사드린다. 처음으로 출간하도록 기회를 주신 미다스북스 출판사에도 감사의 마음을 전한다. 달걀을 훌륭한 작품으로 만드는 것이 나의 역할일 것이다.

지금도 수필과 시를 함께 쓰고 있다. 기회가 된다면 시화집도 내고 싶다. 몇 개의 달걀을 더 깨야 할지 모르겠지만….

선생님과 가족, 친구들의 도움이 없었다면 아마 출간도 힘들었을 것이다. 주위 사람들의 배려와 관심이 나를 일으켜 세우는 힘이 된다. 모든 분께 감사드린다.

2024년 가을

이수애